사령왕 카르나크 11

2024년 4월 16일 초판 1쇄 인쇄
2024년 4월 19일 초판 1쇄 발행

지은이 임경배
발행인 김관영

기획 박경무 강민구 임동관 조익현 최시준 신정윤
책임편집 백승미
마케팅지원 유형일 장민정

발행처 (주)로크미디어
출판등록 2003년 3월 24일
주소 서울시 마포구 마포대로 45 일진빌딩 6층
Tel (02)3273-5135 **Fax** (02)3273-5134
홈페이지 rokmedia.com **E-mail** rokmedia@empas.com

© 임경배, 2023

값 9,000원

ISBN 979-11-408-2314-7 (11권)
ISBN 979-11-408-1400-8 04810 (세트)

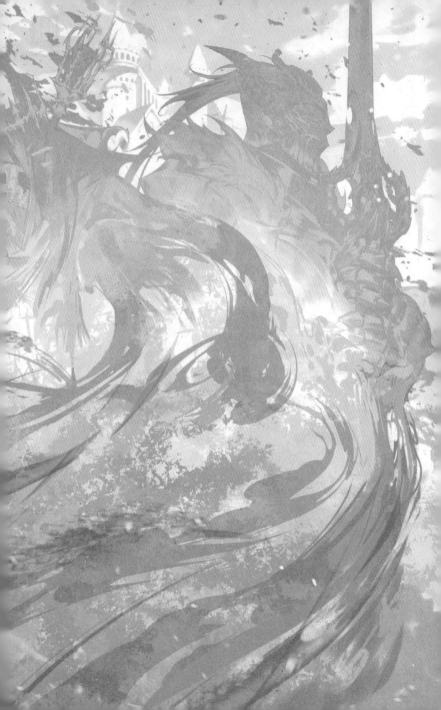

CONTENTS

스트라우스 공성전

에밀 스트라우스의 반역은 실로 노골적이었다.

당장 에트리얼 왕가에 보낸 선언문부터가 그랬다.

에트리얼 왕국에 고한다. 스트라우스의 충성을 받고 싶다면 진실된 신, 테스라닉을 섬길 것을 천명하라. 그러지 아니한다면, 우리 역시 올바른 왕을 옹립할 것이다.

사람들은 어이없어했다.

무왕 갤러드는 물론 두려운 존재이고, 스트라우스 공작가 역시 또 하나의 왕국이나 다름없을 정도로 세력이 크다.

하지만 그렇다 해도 진짜 왕국은 아니다.

또한 검은 신을 섬긴다고 천명한 시점에서 여신교와 불구대천의 원수가 되고 만다.

고작 가문 하나가 온 세상을 모조리 적으로 삼은 것이다.

－아니, 진짜 미쳤나?

－왜 저런 짓을 저지르는 거지?

하나 이는 상황을 잘 모르는 일반인들의 관점일 뿐.

각국의 정부와 여신교단은 스트라우스의 저 행위가 생각보다 굉장히 까다로움을 깨달았다.

원칙적으로 이런 경우 상황을 제압하는 건 에트리얼 왕국의 몫이다.

문제는 에트리얼 최대의 군사력이 바로 스트라우스 공작가라는 점이었다.

왕국 최강의 검과 방패가 자국에 칼날을 돌렸으니 자체적으로 해결할 능력이 없는 것이다.

딱히 에트리얼 왕가가 무능해서라고 탓할 수만도 없었다.

애초에 왕가는 오래전부터 공작가와 혈연으로 굳게 맺어진 사이다.

역대 왕비는 항상 스트라우스 가문 출신이었고 스트라우스의 안주인은 항상 에트리얼의 공주였으니, 둘은 거의 한집안이나 다름없다.

간혹 왕가의 후계자 자리가 비었을 땐 스트라우스의 방계가 왕위에 오른 적도 있을 정도였다.

왜 직계가 왕위에 안 올랐느냐고?

스트라우스의 직계는 이미 왕이었으니까.

무의 극에 도달한 자, 무왕.

왕위에 오른다는 건 왕 노릇을 해야 한다는 의미인데, 그런 '쓸데없는' 짓거리 하느라 무의 길을 등한시하는 스트라우스의 직계가 여태 단 1명도 없었을 뿐이다.

하여튼 이런 이유로 현재 에트리얼 왕국엔 스트라우스의 반역을 막을 힘이 없었다.

그러니 타국의 협조를 받아야 하는데, 이 역시 상황이 영 여의치 않았다.

-스트라우스 가문이 제국과 손잡고 있는 걸까요, 혹시?

-설마요. 제국이 검은 신의 교단을 허락했을 리가…….

-그렇지 않다면 왜 저들이 저런 움직임을 보인단 말입니까?

스트라우스의 반역에 발맞춰 제국 서부 주둔군이 일제히 7왕국 연합과의 국경 쪽으로 이동하기 시작한 것이다.

얼핏 제국군이 제국 내에서 이동하는 것이 뭐 그리 이상하냐 싶을지도 모른다.

하지만 이미 전쟁 중인 사이가 아닌 이상, 국경에 병력을 배치하는 행위는 반쯤 선전포고나 마찬가지다.

7왕국 연합으로서는 상당히 민감하게 받아들일 수밖에 없다.

덕분에 유스틸 왕국과 아트링겐 왕국의 전력은 발이 묶여 버렸다.

그렇다고 다른 왕국에서 군사력을 빼 오기도 애매한 상황이었다.

스트라우스 가문에 병력을 투입하면 그만큼 후방 전력이 비게 된다.

그런데 저들은 검은 신을 섬기고 있음을 노골적으로 드러냈다.

후방 전력이 부실해졌을 때 무슨 짓을 하려는 건지는 뻔했다.

독버섯처럼 숨어 있던 사교도들이 일제히 들고일어나겠지.

이렇듯 오랫동안 검은 신의 교단을 상대해 온 각국은 일찌감치 놈들의 속셈을 꿰뚫어 보고, 대책까지 마련하고 있었다.

스트라우스 토벌에 너무 많은 전력을 할애할 순 없다.

제국, 그리고 사교도의 준동에도 대비해야 하니까.

그렇다고 오합지졸로 스트라우스를 상대하는 것도 어불성설이다.

저들은 일국에 달하는 막대한 군사력을 지니고 있으니까.

강력한 전투력을 지니고 있으면서도 기존의 병력 배치에선 한발 떨어져 있는 특수부대가 필요한 것이다.

다행히 7왕국은 이미 그런 전력을 지니고 있었다.

각국의 킹스 오더였다.

킹스 오더는 기본적으로 비상 전력에 속하는 별동대 개념이다. 비상 전력을 비상시에 투입하는 것이 참으로 합당하지 않겠는가?

7왕국 연합의 킹스 오더 중 비번에 해당하는 이들이 토벌군으로 차출되었다.

덕분에 상당수의 오러 유저들과 마법사들이 병력을 이끌고 모이게 되었다.

이제 남은 문제는 이들을 과연 누가 이끄느냐는 것.

가장 확실한 명분을 지닌 이는 역시 스트라우스 공작가의 두 번째 후계자, 레번 스트라우스다.

하지만 나이도 어리고 경력도 일천한 그를 일군의 총사령관으로 앉힐 순 없다.

군대의 지휘는 보다 뛰어난, 그래서 모두가 인정할 만한 이가 맡아야 한다.

문제는 상황이 상황이다 보니 기존의 지휘관들은 대부분 자리를 비울 수 없다는 점이었다.

그렇다고 모인 킹스 오더 중 1명을 뽑아 지휘를 맡길 수도 없었다.

7왕국 전역에서 모인 이들이었다. 은연중 서로 경쟁하는 상대이기도 했다.

그런 이들을 한데 아우르려면 국경을 초월해 인정을 받는, 상당히 명성이 높은 이가 지휘를 맡아야만 하는 것이다.

심지어 저 명성 높은 이가 현재 맡은 일이 없어야 한다는 조건마저 따라붙지.

"……이런 이유로 당신이 토벌군의 총사령관이 되어 주었으면 합니다."

여신교단이 들고 온 제안에 카르나크는 황당하다는 표정을 지을 수밖에 없었다.

"네? 제가요?"

처음엔 거절하려 했다.

물론 명성 측면에서 자신이 다른 킹스 오더들보다 월등하다는 건 카르나크도 인정하는 바다.

하지만 그걸 감안해도 나이가 너무 어리지 않은가?

내용물이야 어찌 되었건 육체 나이는 이제 고작 22살이다. 이런 새파란 애송이 말을 다른 킹스 오더들이 들을 리가…….

"다들 불만 없던데요."

일단 명분이 확실했다.

"레번 스트라우스 경이 카르나크 공의 기사가 아닙니까?"

경력도 충분했다.

"카르나크 경이 하르톨 시티에서 시민들을 구한 일, 모두가 알고 있습니다."

카르나크가 마법사란 점도 현 상황에선 큰 문제가 되지 않았다.

사실, 군대의 지휘관은 전사가 담당하는 것이 보통이다. 마법사는 어디까지나 참모의 역할이지 지휘를 맡는 경우는 별로 없다.

그런데 스트라우스 토벌대는 각국의 킹스 오더가 모인 연합군이다. 그리고 킹스 오더는 직무의 특성상, 마법사가 대장을 맡고 오러 유저가 부관을 담당하는 경우가 많다.

이들만큼은 마법사의 지휘를 받는 상황이 그리 어색하지 않은 것이다.

"모든 상황을 고려했을 때, 카르나크 경만 한 적임자가 없습니다."

여신교단이 이렇게까지 나오니 결국 받아들일 수밖에 없었다.

"알겠습니다. 미약하나마 전력을 다하도록 하지요."

그렇게 카르나크 제스트라드 남작과 레번 스트라우스를 주축으로 스트라우스 토벌군이 창설되었다.

병력 4,500에 기사 300, 오러 유저가 20에 마법병단 40명으로 이루어진 대군이었다.

세인들은 이들이 충분히 에밀의 반란을 진압할 수 있으리라 믿어 의심치 않았다.

스트라우스는 물론 강대한 가문이지만 갤러드가 부재중이다. 유폐되어 있는 상태니까.

그리고 에밀이 비록 나이에 비해 엄청난 수준이긴 하지만, 그래 봤자 아직 자색급의 경지.

무왕이 없는 스트라우스 반란군은 그리 두려운 존재가 아니다.

이것이 착각임을 깨달은 것은 토벌군이 전투를 시작한 지 채 사흘도 지나지 않아서였다.

✳

원래 스트라우스 가문의 본가는 에트리얼 왕국 중부, 켈리안트 숲 외곽의 평야에 위치해 있었다.

공작가의 대저택답게 아름답고 우아하며 고상한 건축물이기도 했다.

하지만 우아함과 고상함이라는 수식어가 내포하는 의미 대부분이 그렇듯, 결코 전투에 적합한 곳이라 할 순 없었다.

저택은 어디까지나 사교를 위한 장소.

아무리 사교계가 창칼을 쥐지 않은 전쟁터라는 표현이 있다지만, 그래도 진짜 창과 칼을 들고 싸우는 상황에 어울리지 않는 것만은 분명하다.

그래서 '에밀 스트라우스'와 그의 추종자들은 가문의 전력을 보다 방어에 유리한 곳으로 옮겼다.

델피아드 지방의 중앙 산맥 다마트에 위치한 거대한 성채, 스트라우스.

위대한 초대 무왕의 이름을 그대로 쓴 이곳은 스트라우스가 아직 공작가가 되기 전의 본거지이자 가문의 출발점이다.

그리고, 그에 걸맞은 강력하면서도 웅장한 방어 요새였다.

성문과 높은 경사로 너머, 세월의 흔적을 간직한 두꺼운 성벽이 산기슭 전체를 왕관처럼 두른다.

마을과 들판을 한눈에 조망하는 거대한 탑은 강철만큼이나 단단한 돌기둥으로 굳게 세워져 있다.

성채 전체가 실로 간결하면서도 효율적인 구조물의 집합체였다.

세인들 중엔 이곳이라면 병사 1명이 100명을 막을 수 있을지도 모른다는 의견을 진지하게 내는 자도 있었다.

그 웅장한 성채가 지금 전투의 불길로 이글거리고 있었다.

"으아아아!"

"올라가라!"

"물러서지 마라!"

전의를 고무시키는 용맹한 함성이 전장 곳곳에서 터져 나온다.

높은 성벽을 넘기 위해 사다리를 걸고 필사적으로 오른다.

물론 적들도 가만 당해 줄 리는 없었다.

계속해서 바위와 화살이 사다리를 오르는 병사들의 머리 위로 쏟아졌다.

이를 막기 위해 마법사들이 날아올랐다.

비상 마법으로 허공에 안착한 뒤 저마다 주문을 외운다.

"파이어볼!"

"아이스 애로우!"

"익스플로전!"

화염구가 연신 터지고 얼음 화살이 비처럼 쏟아지고 성벽 곳곳에서 폭발이 일어났다.

피육으로 이루어진 인간이라면 결코 무시할 수 없는 파괴력이었다.

하지만, 현재 스트라우스의 성벽을 지키는 이들은 인간이 아니다.

"으어어……."

"우어……."

신음을 흘리며 좀비들이 바위를 들어 성벽 아래로 던져 댔다.

쿵! 쿠쿵!

바위에 머리가 깨진 병사들이 처절한 비명을 터트렸다.

"크억!"

"으아악!"

놈들의 행패를 막기 위해 궁수들이 일제히 화살 비를 날렸다. 온갖 화살들이 썩은 살갗에 우수수 박혔다.

물론, 좀비는 개의치 않았다.

다른 쪽 성벽 위에서는 활을 든 스켈레톤이 나타나 화살을 쏘아 대고 있었다.

이들 역시 병사들에게 심각한 피해를 주고 있었으니 그냥 놔둘 수만은 없었다.

허공을 비상하던 마법사들의 마법이 이들에게 작렬했다.

마법의 파괴력은 과연 녹록지 않았다.

쾅! 콰콰쾅!

무자비한 열풍이 스켈레톤 무리를 싹 쓸어버렸다.

그러나 강렬한 파괴력이 주는 두 번째 효과까지 기대하긴 힘들었다.

살아 있는 병사였다면 응당 공포를 느끼고 물러섰겠지.

스켈레톤 무리는 다르다.

박살 난 뼈들의 무덤을 밟고 빈자리를 대신 메운 뒤 재차 화살을 시위에 잴 뿐이다.

병사 중 1명이 치를 떨며 소리쳤다.

"젠장! 이걸 어떻게 이기라는 거야? 저놈들은 죽지를 않는데!"

종말의 어둠이 세상 곳곳에 퍼진 시대.

슬슬 인간들도 걸어 다니는 시체와 싸우는 것이 크게 어색

하지 않게 되었다.

하지만 죽지 않는 자들이 죽음을 두려워하는 산 자처럼 농성을 벌이는 상황은 처음 겪어 보는 것이다.

게다가 에밀의 스트라우스군은 단순히 언데드 군세만을 동원하지 않았다.

좀비와 스켈레톤은 그저 방패 역할로만 내세우고, 진짜 정교한 조작을 필요로 하는 공격은 살아 있는 인간들이 맡는다.

이것이 너무 효율이 좋아, 원래도 철벽이었던 스트라우스 성채를 그야말로 난공불락의 요새로 바꿔 놓고 있었다.

얼마나 많은 피가 흘렀을까?

결국 후퇴를 의미하는 뿔피리 소리가 울렸다.

부우우우웅!

지휘부에서도 더 이상 병력을 희생할 수 없다는 판단을 내린 모양이었다.

병사들을 이끌고 물러서며 토벌군 소속 2중대장, 갈리버트 경은 붉은 투기검을 쥔 채 한숨을 쉬었다.

"오늘도 실패로군……."

토벌군은 스트라우스 성채가 한눈에 보이는 산기슭에 본진을 치고 있었다.

본진의 중앙 막사에 모인 각 부대의 대장들이 금일 전투에 대한 의견을 나눈다.

"생각보다 저항이 거셉니다."

"언데드가 적병 사이에 끼어 있다는 점이 문제입니다. 기존의 훈련대로 공성이 이루어지질 않아요."

"그렇습니다, 화살과 마법을 쏘면 원래는 적들이 성벽 뒤로 숨으니까요."

보통은 저 타이밍에 병사들을 몰아붙이는 식으로 훈련을 하는데, 적이 아예 숨질 않는 것이다.

단순히 상대의 맷집이 좋다는 문제가 아니다.

상황 자체가 어그러진다.

덕분에 벌써 사흘째 성채를 두드리고 있지만 도통 성벽을 넘을 수가 없었다.

현 에트리얼 왕국 최강의 기사, 블루 나이트 헤르만 경이 카르나크를 돌아보았다.

"어떻게 생각하십니까, 카르나크 경?"

고작 청색급 오러 유저 정도로 왕국 최강인 게 이상하다고 여길지도 모르겠다.

하지만 딱히 거짓말은 아니었다.

애초에 스트라우스 가문을 빼고 나면 이 나라에 뭐가 좀 없어서 말이지?

반드시 스트라우스에서만 강자를 배출한다는 소리가 아니라, 공작가 출신이 아니더라도 결국은 저 가문으로 가게 마련인 것이다.

큰물에서 놀아야 자신도 거물이 될 수 있으니까.

드래곤 없는 곳엔 히드라가 재앙이라는데, 이건 드래곤, 히드라, 드레이크 등이 죄다 한동네에 머무르고 있다가 일제히 사라지는 바람에 오거나 트롤이 최강 소리 듣게 된 셈이었다.

어쨌거나, 헤르만 경의 질문이 이어졌다.

"다른 방법을 시도해야 할 때라고 생각됩니다만?"

토벌군의 총사령관을 맡은 후 카르나크는 의외로 평범한 명령만을 내렸다.

전략 전술을 아는 이라면 누구나 내릴 수 있는 흔한 공성계를 유지했을 뿐이다.

그러나 이들이 카르나크에게 진짜 기대한 쪽은 지휘 능력이 아니다.

하르톨 시티에서 보여 주었던 강력한 마법의 힘이지.

차마 입 밖으로 꺼내진 않았지만 다들 요구하는 바는 같았다.

'슬슬 댁이 나서서 뭔가 좀 보여 줘야 하는 거 아니오?'

뭐, 카르나크도 움직일 생각이긴 했다.

어젯밤에 황혼교를 통해 기다리던 소식이 온 덕분이었다.

―엘레자르와 드렐타인은 제국을 떠나지 않았습니다.

토벌군을 맡은 후에도 카르나크는 함부로 모습을 드러내지 않았다.

스트라우스의 반역이 자신을 노린 함정이란 건 짐작하고 있다. 문제는 이 함정이 어느 정도 수준이냐는 거다.

미래 레번이 단독으로 저지른 짓이라면 감당할 수 있겠지만, 혹시나 엘레자르와 드렐타인까지 나선 것이라면?

그래서 확실히 하기 위해 제국 쪽 사정을 유심히 살피고 있었다.

그리고 여전히 엘레자르와 드렐타인이 라케아니아 제국에 머무르고 있음을 확인한 것이다.

이 정보가 가짜일 가능성은 적다.

둘 다 워낙 거물이고 권력의 중추라, 부재 시 티가 안 날 수 없으니까.

'솔직히 좀 궁금하긴 하군. 대체 무슨 중요한 일을 하기에 저렇게 제국에만 처박혀 있는 거지?'

나중에 저것도 확인을 좀 해 봐야 할 것 같다.

어쨌든 지금은 눈앞의 일부터 해결하는 게 우선.

자세를 고쳐 앉으며 카르나크가 진지하게 말했다.

"상대의 전력을 분산시켜 끌어내겠다. 그리고 그 빈틈에 성벽을 공략하면 되겠지."

이야기를 들은 부대장들이 의아해했다.

"무슨 수로 빈틈을 만든다는 겁니까?"

"놈들이 탐낼 만한 미끼를 걸어 두면 된다."

"그런 미끼가 있습니까?"

빙그레 웃으며 카르나크가 자신을 가리켰다.

"응, 나."

스트라우스 성채의 서쪽 성벽 위.

성벽 너머를 노려보던 제레미 경은 잠시 의아해했다.

'뭐지?'

토벌군은 오늘도 성채 사방을 맹렬히 공략해 왔고 어제처럼 맹렬히 후퇴해 갔다. 그래서 제레미 경도 오늘 치 업무는 다 끝났다고 생각했다.

그런데 물러선 토벌군이 다시 대열을 움직이기 시작한 것이다.

중장기병과 보병을 앞세워 전열이 이동한다. 아무리 봐도 다시 덤벼들 작정으로밖에 보이지 않는다.

뭐, 그럴 수도 있다.

아직 해가 저물지 않았다. 저녁 식사 시간 전에 한 번 더 몰아붙일 정도의 시간은 충분하다.

'하지만 굳이?'

여기서 뭔가 획기적으로 다른 전략을 들고 나오지 않는 한 여전히 결과는 다르지 않을 텐데?

확실히 뭔가 좀 다르긴 했다.

제레미는 눈을 가늘게 뜨고 토벌군 상공을 노려보았다.

'저자는?'

마법사의 복장을 한 젊은이가 허공으로 날아오르고 있었다.

상당히 먼 탓에 이쪽에서 화살이나 마법을 맞힐 수 있는 거리는 아니다.

물론 반대로 저쪽이 마법을 날릴 수 있는 유효사거리도 아니고.

그래도 얼굴을 확인할 수 있을 정도이긴 했다.

덕분에 제레미 경은 어렵지 않게 마법사의 정체를 파악했다.

상대는 최근 들어 검은 신의 교단을 가장 악랄하게 괴롭히고 있는 이교도였다.

'……카르나크 제스트라드!'

※

비행 마법으로 몸을 띄운 채 카르나크는 서서히 성채 동쪽으로 다가갔다.

그가 접근함에 따라 성벽 위도 분주해졌다.

궁수들이 화살을 시위에 건다. 마법사들도 완드를 쥔 채 카르나크가 사거리 안쪽으로 들어오기만을 기다린다.

유효사거리 직전까지 다가간 뒤 카르나크는 접근을 멈췄다. 그리고 두 팔을 활짝 들었다.

목에 걸린 역시공 초월체로부터 방대한 마력이 전신으로 스며든다.

"일어나라, 대지의 혼이여!"

낭랑한 목소리와 함께 성벽 바깥쪽 대지 곳곳에서 흙더미가 솟구쳤다.

쿠쿵! 쿠쿠쿵!

순식간에 50기 가까운 골렘 군단이 전장을 가득 메웠다.

게다가 그것으로 끝도 아니다.

"오라, 세상을 지탱하는 이들아!"

수십의 불, 물, 바람, 대지의 정령 거인들이 육중한 거체를 드러내며 포효를 터트린다.

크오오오!

슬슬 그의 전매특허가 된 골렘 일제 소환과 정령 다량 소환이었다.

토벌군 마법병단의 마법사들이 감탄한 얼굴로 허공의 카르나크를 올려다보았다.

"세상에……."

"어떻게 저런 게 가능하지?"

카르나크가 저 젊은 나이에 무려 7서클에 도달한 천재라는 사실은 이들도 잘 알고 있었다.

하지만 이를 감안해도 지금 눈앞에 펼쳐진 광경은 믿기 힘들었다.

정령 거인 소환이야 애초에 7서클 마법이니 언감생심 꿈도 못 꾼다 치자.

골렘 소환만으로도 압도적이다.

마법사단 전원이 덤벼들어도 카르나크가 홀로 소환한 숫자만큼 부를 수 없는 것이다.

마력도 제어력도 실로 상상을 초월한다.

"진짜 천재란 게 있긴 있었군."

"미래의 대마법사인가……."

사람들의 반응을 느끼며 카르나크는 쓴웃음을 지었다.

'역시 나이에 비해 너무 빠르긴 하지?'

슬슬 8서클 되었다고 하면 진짜 난리 날 것 같다.

어쨌거나 그는 느긋하게 정령 및 골렘 군단을 운용해 갔다.

확실히 8서클에 오른 덕인지 7서클 이하 마법들을 한층 수월하게 풀어 갈 수 있었다.

"다들 출발."

정령과 골렘이 일제히 걸음을 옮겼다.

쿵! 쿠쿠쿵!

보병들 역시 저들을 방패 삼아 착실히 나아간다.

질서 정연하게 진군하는 그 모습을 보며 부대장들은 의아해했다.

일단 카르나크의 마법이 경천동지할 수준이란 건 잘 알겠다.

정령과 골렘을 앞세웠으니 공성전을 펼치는 입장에서 크게 유리해졌다는 것도 잘 알겠다.

'그런데 미끼가 되겠다며?'

'그건 대체 무슨 의미였지?'

부대장들은 이내 해답을 얻었다.

그토록 굳게 닫혀 있던 스트라우스 성채의 성문이 벌컥 열리더니, 일단의 기사단이 쏟아져 나온 것이다.

요란한 말발굽 소리와 함께 기사단이 대지를 질주한다.

목표는 분명했다.

허공에 뜬 카르나크를 향해 일직선으로 달려가고 있었으니까.

'카르나크 경 때문에 성문까지 열었다고?'

'대체 왜?'

'적의 지휘관을 노리는 것은 물론 전략적으로 중요한 일이지만, 굳이 지금 상황에서?'

당혹한 부대장들과 달리, 카르나크는 그럴 줄 알았다며 고개를 주억거리고 있었다.

"그래, 나를 그냥 내버려 둘 수 없지?"

※

사람들은 착각하고 있다.

에밀 스트라우스의 목적이 에트리얼 왕국을 전복시키고 검은 신의 교단을 세상에 퍼뜨리는 것이라고.

진실은 조금 다르다.

설령 반역이 실패해도 에밀 속의 레번은 크게 아쉬울 것이 없다.

어차피 그는 스트라우스 가문이 망하건 말건 신경 쓰지 않는다.

그리고 테스라낙의 강림을 위해서라면, 봉기한 시점에서 이미 목표 달성이다.

충분히 많은 피를 흘리게 했고 세상을 어지럽혔으며, 여신교에 대한 사람들의 믿음을 깎아 냈으니까.

그가 이런 일을 벌인 진짜 목적은 카르나크가 지니고 있는 2개의 역시공 초월체.

토벌군 전체를 몰살시킨다 해도 카르나크를 놓치면 실패, 설령 스트라우스 가문이 전멸한다 해도 카르나크 단 1명만 붙잡으면 승리인 것이다.

목걸이를 매만지며 카르나크는 히죽 웃었다.

'내가 이걸 사용하는 걸 확실히 봤을 테니 무리해서라도 확보하고 싶겠지, 암.'

그러는 동안에도 스트라우스의 휘장을 걸친 기사들은 무서운 속도로 토벌군의 전면을 향해 쇄도하고 있었다.

말발굽 소리가 점점 커진다.

흙먼지가 솟아올라 시야를 가린다.

선두에 선 중년 기사가 검을 뽑아 들었다. 눈부신 은색의 오러가 찬란한 빛을 발했다.

토벌군 기사들이 경악해 외쳤다.

"실버 나이트?"

"카이론 경이다!"

현재 7왕국 연합엔 총 4명의 실버 나이트가 존재한다.

펠마이어 왕국의 왕실 기사단장, 마리쿠스.

아트링겐 왕국 최강 기사, 엘라이더.

알테일 왕국의 수호 기사, 루시안.

그리고, 명목상으로는 에트리얼 왕국 소속이지만 실제로는 공작가의 충실한 가신인 카이론이 바로 그들이었다.

무왕 갤러드를 제외하면 스트라우스 최강의 기사가 지금 눈앞에 나타난 것이다!

은검기를 휘두르며 카이론이 고함을 터트렸다.

"돌파하라!"

동시에 기사단 여기저기서 붉고 푸른 투기검이 솟구쳤다.

거의 서른에 가까운 숫자였다.

토벌군 기사들이 믿을 수 없다는 표정을 지었다.

'세상에⋯⋯.'

'오러 유저가 30명이라고?'

토벌군의 오러 유저 숫자는 20명뿐이고, 유스틸 왕국의 오러 유저를 다 합쳐도 100명이 채 안 된다.

그런데 한 가문이 저렇게나 많은 오러 유저를 보유하고 있다니?

정녕 스트라우스의 저력이 얼마나 엄청난지 실감이 드는 광경이었다.

동시에 의문도 들었지만.

'대체 왜⋯⋯.'

'저들은 타락한 공작가에 계속 충성을 바치고 있는 거지?'

이것이 단순한 반란이라면 차라리 이해하기 쉬웠을 것이다.

하지만 에밀 스트라우스는 분명하게 선언했다.

검은 신, 테스라낙을 섬기겠다고.

그를 따르는 것은 곧 사교도가 되겠다는 것과 같은 의미다.

아무리 충성심이 높다 해도 쉽게 결정할 수 있는 일이 아닌 것이다.

'설마 저 많은 이들이 전부 사교도가 되었단 말인가?'

그러는 동안 스트라우스 기사단이 토벌군과 정면으로 맞붙었다.

정령 거인이 포효를 터트리고 골렘 군단이 일제히 바위의 육체를 휘둘러 댄다.

은검기를 휘둘러 정령 거인을 갈라 가며 카이론이 다시 외쳤다.

"무시하고 지나쳐라! 우리 목표는 1명뿐이다!"

정령 거인과 골렘은, 분명 개체 하나하나는 강력하다. 하지만 인간의 군대처럼 서로 연계가 잘되진 않는다.

스트라우스 기사단이 골렘들 사이를 절묘하게 빠져나와 카르나크에게로 향했다.

허공에 뜬 카르나크가 눈을 빛냈다.

'지금이다.'

강렬한 마법의 섬광이 다가오는 기사단을 노리고 작렬했다.

콰아아아앙!

하지만 정작 피해를 주진 못했다. 다들 노련하게 미리 몸을 뺀 것이다.

덕분에 기껏 날린 아케인 스트라이크가 파괴한 것은 황량한 들판의 일부뿐.

뭐, 상관없었다.

이건 그냥 신호탄이었을 뿐이니까.

'가라, 바로스!'

스트라우스 성채에서 서쪽으로 수백 미터 떨어진 나지막한 작은 수림.

그 속에서 한 무리의 군세가 모습을 드러낸다.

미리 대기 중이던 바로스와 세라티, 레번과 라피셀이었다.

카르나크의 지시에 따라 별동대를 이끌고 수림 곳곳에 숨어 있었던 것이다.

몸을 일으키며 바로스가 고함을 질렀다.

"전원 돌격!"

네 오러 유저가 쏜살같이 앞으로 튀어 나갔다.

별동대 병사들도 곧바로 그들의 뒤를 따랐다.

은밀함을 위해 말을 타지 않았으니 믿을 건 그저 튼튼한 두 다리뿐.

두꺼운 방패를 등에 메고 사다리와 갈고리 밧줄 등을 챙긴 채 정신없이 전장을 내달린다.

요란한 발소리가 대지를 눌러 사방으로 퍼진다.

일부러 발 빠른 보병만을 모았기에 별동대의 속도는 꽤나 빨랐다.

물론 아무리 그렇다 해도 오러 유저에 비하면 확실히 느리다.

보병들보다 한참 먼저 바로스 일행이 성벽 아래에 도달했다.

머리 위에서 바위며 화살이 쏟아지기 시작했다.

다행히 이제까지와 달리 성벽 위쪽의 공격이 약했다.

여태까진 농성 중인 언데드들 사이에서 스트라우스의 오러 유저들이 투기검을 뽑아 휘두르고 있었는데, 그 작자들이 지금 전부 카르나크 쫓아가느라 성채 밖으로 외출 나갔거든.

이어지는 바로스 일행의 임무는 별동대가 무사히 성벽까지 올 수 있도록 성벽 위 공세를 막아 주는 것.

"다들 올라가요!"

고함을 터트린 뒤 바로스는 사슬검을 펼쳤다.

자색의 오러 사슬이 올올이 풀려나갔다.

차르르륵!

사슬검을 돌벽에 걸고 단숨에 날아오른다.

높은 곳을 오르는 데 이만큼 적합한 오러 스킬도 달리 없으리라.

그 뒤를 라피셀이 따랐다.

차르르륵!

그녀 역시 청색의 오러 사슬을 어렵지 않게 펼쳐 내고 있었다.

오러 유저가 아닐 때에도 사슬검 자체는 쉽게 따라 했던 라피셀이다. 이젠 오러까지 터득한 마당이니 따라 하는 데 아무 지장이 없었다.

조금 떨어진 곳에서 레번도 사슬검을 날려 성벽을 오르는 중이었다.

차르륵!

그 또한 바로스에게 사슬검을 전수받은 것이다.

작정하고 깊게 파고든 게 아니라 대충 이틀 정도 연습한 것에 불과하지만, 워낙 재능이 넘치니 그것만으로도 충분했다.

그렇게 세 오러 유저가 단숨에 성벽 위로 오르는 동안, 세라티는 열심히 사지를 놀리고 있었다.

'아오, 다들 저거 참 쉽게도 익혀서 쓰네?'

연습을 안 해 본 건 아니다.

하지만 역시나 그녀의 센스로 오러 사슬을 구현하는 건 불가능했다.

그러니 어쩌겠는가? 할 수 있는 걸 해야지.

"타아앗!"

기합을 터트리며 세라티는 양팔과 양다리에 오러를 집중했다.

무식한 신체 능력과 방대한 오러양을 바탕으로, 성벽을 그냥 도마뱀처럼 기어올라 간다!

참참참참!

생기긴 제일 우아하고 고상하게 생긴 주제에 어째 폼은 제일 추했지만, 그와 별개로 효과는 뛰어났다.

무난하게 다른 일행을 쫓아 성벽 위로 오를 수 있었다.

무사히 성벽 위로 오른 바로스 일행은 사방으로 투기검을 흩뿌리며 공간을 장악해 갔다.

오러 유저가 없는 성벽 위에 이들을 막을 자는 없었다.

덤벼드는 좀비며 구울 등이 무서운 속도로 썰려 나갔다.

그 덕에 성벽 아래쪽을 향하던 공세도 눈에 띄게 약해졌다.

뒤따르던 보병들이 성벽 아래까지 무사히 도달할 수 있을 정도로.

도달한 이들을 향해 바로스가 외침을 터트렸다.

"성벽 위를 제압하라!"

곳곳에 긴 사다리가 걸리고 갈고리 밧줄이 날아든다.

병사들이 개미 떼처럼 성벽 위를 오르기 시작한다.

'성공이다!'

투기검을 휘두르며 바로스는 성벽 너머를 바라보았다.

원래대로라면 이곳을 지키고 있었어야 할, 하지만 지금은 성채 반대편에서 닭 쫓던 개 꼴이 되어 버린 스트라우스 기사단의 모습이 두 눈에 훤히 비친다.

'이제 놈들도 혼란에 빠지겠지!'

빠지지 않았다.

카르나크를 노리던 스트라우스 기사단이 달리던 기세 그대로 좌우로 갈라져 전장을 크게 선회해 갔다.

그러더니 곧장 바로스 일행이 있는 서쪽 성벽으로 달려온다!

"어?"

등 뒤의 정령 거인들과 골렘 무리, 수백의 보병들을 그냥 무시한 채 뒤도 돌아보지 않고 달리는 것이다.

심지어 카이론 경이 따로 명령을 내린 것도 아니었다.

그냥 기사단 전원이 기다렸다는 듯 자연스럽게 다음 움직임으로 향하고 있었다.

너무 빠른 전환이라 카르나크 부대가 미처 뒤쫓을 수도 없을 정도였다.

성벽 위의 바로스와 성채 동쪽의 카르나크, 한참 멀리 떨어진 두 사람이 그 순간 똑같은 표정을 지었다.

'뭐야?'

'저놈들, 어떻게 저리 침착해?'

＊

당황하며 세라티는 상황을 살폈다.

'이건?'

얼핏 이해할 수 없는 광경이었다.

이대로 자신들이 성벽을 장악하면 지상의 스트라우스 기사단은 등 뒤의 카르나크군에 의해 샌드위치처럼 앞뒤로 포위당하는 형국이 되어 버린다.

차분하게 움직인 걸 보니 패닉에 빠진 것도 아닐 텐데, 왜 굳이 불리한 상황을 자처한단 말인가?

그러나 이내 깨달았다.

자신들이 아직 성벽 위쪽을 장악한 게 아니라는 사실을.

콰아아앙!

강렬한 폭발음과 함께 자색의 오러가 성벽 위를 길게 갈랐다.

화들짝 놀란 바로스 일행이 황급히 공격을 피해 몸을 날렸다.

'자색급?'

'아직도 이 정도 강자가 남아 있었나?'

세라티와 라피셀의 시야 너머로 보랏빛 투기검을 쥔 20대의 청년이 모습을 드러냈다.

처음 보는 얼굴임에도 세라티는 상대의 정체를 바로 알 수 있었다. 옆에 서 있는 레번과 많이 닮은 얼굴이었으니까.

"에밀레번!"

에밀의 육체를 차지한 미래의 레번이 고개를 갸웃거렸다.

"……에밀레번?"

해괴한 호칭에 잠시 의아해하긴 했지만 그는 이내 표정을 굳혔다.

뭐, 별로 중요한 문제도 아니니까.

미래 레번이 바로스 일행을 노려보며 의미심장한 미소를 지었다.

"날 노리고 온 것이겠지? 자, 여기 나왔다."

일행이 서로를 바라보며 당혹 서린 시선을 교환했다.

'어, 어쩌죠?'

'글쎄요?'

분명히 눈앞의 저 청년만 처리하면 모든 문제가 해결된다. 그건 사실이다.

하지만 상황을 판단하기가 영 어려웠다.

성벽 위는 미래 레번과 부하들.

성벽 바로 아래는 아직 오르지 못한 토벌군의 보병들.

성채 동쪽에서는 스트라우스 기사단이 맹렬히 이쪽으로 달려오고 있으며, 그 너머로는 또 카르나크와 그의 부대가 저들을 쫓아오고 있다.

뭔가 괴상하리만치 복잡한 4파전이 되어 버린 것이다.

'이거, 계획대로 잘되고 있는 거 맞나?'

세라티가 막 바로스의 눈치를 볼 때였다.

"젠장!"

갑자기 욕설을 내뱉더니 바로스가 버럭 소리를 질렀다.

"후퇴! 전원 후퇴하라!"

이대로 전투가 벌어지면 과연 어떻게 될까?

성벽 위, 성벽 아래, 성벽 너머 병력이 죄다 얽혀 버린다.

적 너머는 아군이고 아군 너머는 적.

혼란 그 자체의 난전이 될 수밖에 없다.

서로 죽고 또 죽이며 양쪽 모두 극심한 병력 소모로 이어지게 된다.

물론 소모전만을 따져 보면 토벌군이 조금 유리하긴 할 것이다.

저쪽이 100명 죽을 때 이쪽은 95명쯤 죽을 테니까 병력 소모율로만 따지면 승리라고 봐도 좋겠지.

하지만 난전이 되는 것 자체가 카르나크군의 패배나 마찬가지다.

서로 전력을 소모한다고?

그럼 죽은 자는 계속 보충되는데, 산 자는 계속 줄어든다는 것 아닌가?

바로스는 이 전법을 너무나도 잘 알고 있었다.

'내가 쓰던 그 전법이잖아!'

그리고 미래 레번 역시 잘 알고 있겠지.

적이었을 땐 당하는 입장이었고, 그의 부하가 된 후엔 본인이 인간들 상대로 실행하곤 했으니까.

"타아아앗!"

사방으로 사슬검을 흩뿌리며 바로스는 난동에 가까운 검술을 펼쳤다.

공간을 확보한 뒤 그대로 성벽 아래로 뛰어내린다.

병사들의 머리 위로 쏟아지는 화살들을 걷어 내며 그가 다시금 고함을 질렀다.

"전원 물러서라! 대기하고 있던 숲까지!"

서둘러야 했다.

스트라우스 기사단이 성벽 아래에 도착하면, 그래서 전투가 벌어져 버리면 끝장이다.

일단 난전 상태가 되어 버리면 병사들을 이끌어 빼낼 수 없게 된다.

세라티며 라피셀, 레번도 바로스를 따라 움직였다.

이들도 바로스가 갑자기 왜 저러는 건지는 아직 이해하지 못했다. 하지만 이상하게 여기지도 않았다.

'또 뭔가 일이 터졌나 보네?'

'나중에 설명해 주겠지?'

원래도 카르나크와 바로스는 설명 없이 먼저 움직이고 나중에야 이유를 알려 주는 경우가 흔했다.

일상생활에서야 '이유? 닥치고 시키는 대로만 해!'라는 태도로 일이 잘 풀리는 경우는 전혀 없다고 해도 과언이 아니다.

하지만 전장에서는 의외로 닥치고 시키는 대로만 하는 것이 반드시 나쁘지만은 않다.

갑작스러운 상황 변화가 생겼을 때 설명부터 요구하는 놈들은 이유를 듣기도 전에 칼부터 맞게 되거든?

전투에 임해서는 일단 따르고 나중에 이유를 확인하는 습

관도 꽤나 중요한 것이다.

익숙한 상황이다 보니 다들 자연스럽게 바로스를 따라 행동하기 시작했다.

미래 레번과의 전투를 포기하고 바로 성벽 아래로 뛰어내린다. 그리고 오직 병사들을 무사히 이곳에서 빼내는 데만 집중한다.

"다들 후퇴하세요!"

"사다리는 버려요! 그거 왜 아직도 들고 다니는 건데?"

홀가분해진 별동대 병사들이 예의 그 '빠른 발'로 맹렬한 도주에 나섰다.

성벽 아래쪽에서 병력이 점점 더 빠지기 시작했다.

⁂

전장의 모든 움직임은 멀리 떨어진 허공의 카르나크에게도 똑똑히 보였다.

"이거, 만만치 않은데?"

스스로를 미끼로 내건 것은 카르나크뿐만이 아니었다.

미래 레번 역시 자신을 미끼로 내걸었다.

사령술에 대해 잘 모르는 지휘관이었다면 저 상황에서 절대 눈앞의 '에밀 스트라우스'를 포기하지 않았을 것이다.

적의 수괴만 해치우면 이 전쟁도 끝이니까.

난전 역시 딱히 불리하다고 생각하지 않았을 것이고.

어지간히 사령술 관련 상황이 익숙하지 않은 이상, 뒷일을 상상하기가 힘든 것이다.

'바로스가 전장에 있었던 것이 천만다행이야.'

덕분에 토벌대 병사들도 늦지 않게 후퇴할 수 있었다.

확실히 이것저것 들고 올 때에 비해 속도가 빨랐다.

스트라우스 기사단이 도착하기 전에 병사들이 먼저 성벽 서쪽을 떠났다.

하지만 결국은 따라잡힐 것이 자명하다.

별동대는 두 발로 뛰고 있고 기사단은 말 타고 달리고 있으니까.

저대로라면 후미부터 피를 보게 될 터.

'난전 피하겠다고 일방적인 패배를 당할 수야 없지.'

카르나크는 군세를 틀어 서쪽 수풀로 향하게 했다.

스트라우스 기사단의 뒤를 노리는 게 아니라, 아군의 퇴로를 확보하는 것으로 목표를 바꾼 것이다.

이걸로 유리함은 토벌군의 몫이 되었다.

이대로 스트라우스 기사단이 별동대의 뒤를 치면?

그때는 카르나크군이 기사단의 옆구리를 쑤실 수 있게 된다.

거꾸로 스트라우스 측이 일방적인 패배를 겪게 되는 셈이다.

물론 카르나크는 상황이 그렇게 돌아가지 않을 것을 알고 있었다.

'저 친구가 그렇게 놔둘 리가 없지.'

역시나, 기사단은 더 이상 별동대를 뒤쫓지 않았다.

대신 성문이 열렸다.

기사단 전원이 자연스럽게 성채로 도로 들어갔다.

성벽 위에 선 미래의 레번이 전장을 내려다보았다.

멀어지는 토벌군 별동대, 그리고 그들과 합류하는 카르나크군의 모습이 보인다.

뭐랄까, 요란했던 것에 비해 실속은 전혀 없는 전투였다.

여기저기 정신없이 뛰어다니고 소리도 막 지르고 뭔가 이거저거 하긴 했는데, 정작 싸움은 벌어지지도 않은 것이다.

씁쓸해하며 그가 중얼거렸다.

"만만치 않군, 이거."

다음 날, 또다시 공성전이 시작되었다.

하지만 어제와는 살짝 다른 방향으로 흘러가고 있었다.

일단 카르나크가 성벽 밖에서 대놓고 모습을 드러낸다.

그러자 에밀 스트라우스도 성벽 위에서 대놓고 모습을 드러낸다.

카르나크가 성벽 밖을 서성댄다.

에밀도 성벽 위를 서성댄다.

그리고 둘이서 눈싸움을 한참 한다.

얼굴은 고사하고 신체 윤곽조차 제대로 안 보일 정도로 먼 거리였다. 실제로 눈싸움이 성립될 리는 없었다.

그럼에도, 서로의 의사는 잘도 전달되고 있었다.

'네가 와라.'

'가겠냐? 네가 와라.'

미래 레번 입장에선, 어제처럼 함부로 성채 밖으로 병력을 내보낼 수 없었다.

상대가 지나치게 사령술에 익숙했다.

단순히 사령술 자체에만 익숙한 게 아니다. 사령술과 관련된 상황 전체를 파악하는 데 능숙하다.

그렇지 않고서야 어제 같은 상황에서 그토록 신속하게 후퇴 결정을 내릴 수 있을 리 없었다.

'어설프게 부대를 운용했다간 한 방에 성채 뚫릴 가능성이 너무 커.'

카르나크 역시 함부로 군대를 움직일 수 없었다.

토벌군 병사들의 목숨을 소중히 여겨야 했다.

인간이라면 당연히 지켜야 하지만 실제로는 지키지 않는 이들이 대다수인, 도덕과 윤리 문제를 이야기하는 것이 아니다.

언데드와 달리 인간 병사는 죽으면 끝이다.

단순히 숫자로만 파악한다 해도 틀림없이 귀한 자원이다.

전생 때처럼 펑펑 소모할 수 없는 것이다.

하나밖에 없는 목숨, 알뜰살뜰 아껴 쓰며 적절한 기회에 적절하게 소모해야 했다.

'와, 예전 나랑 싸운 지휘관들은 어떻게 한 번 죽으면 끝인 병사들을 그렇게 쉽게 사지로 밀어 넣었지? 뒷생각을 안 한 건가?'

그렇게 하루 정도 열심히 눈싸움만 했다.

양측의 병사들에겐 즐거운 하루였다.

뭔가 일촉즉발일 것 같은 분위기만 팽배하고 실제론 아무 일도 일어나지 않았다. 긴장한 척하면서 푹 쉴 수 있었다.

종일 얼쩡대도 카르나크 측에서 아무 반응이 없자 미래 레번이 혀를 찼다.

'방법을 바꿔야겠군.'

＊

노을이 지고 해가 저물어 간다.

토벌군 병사들은 오늘은 성채 공략이 더 이상 없음을 직감하고 야영 준비에 들어갔다.

딱히 근거 없는 직감은 아니었다.

원래 언데드는 태양이 지면 더욱 강력해지기 때문에, 공성 측인 토벌군은 해가 지면 더 이상 공격을 하지 않는다.

굳이 상대에게 더 유리한 시기를 고집할 이유는 없으니까.

"결국 오늘도 아무 일 없었구만."

노병 1명이 시큰둥하게 스트라우스 성채를 바라볼 때였다.

문득 그의 표정이 기묘하게 변했다.

성벽 위로 괴상한 물건이 모습을 드러내고 있었다.

아니, 물건 자체는 딱히 괴상하지 않다. 토벌군도 지니고 있는 물건이다.

"엥? 투석기?"

투석기란 무엇인가?

바위를 던져서 성벽을 부수는 용도로 만들어진 물건이다.

애초에 사람 잡으라고 만든 물건이 아닌 것이다.

투석기로 바위 쏴서 병사들을 죽인다?

날아다니는 모기를 돌 던져서 잡으라고 하는 소리나 다름이 없다.

"혹시 투석기처럼 생긴 다른 무기인가?"

기사들이 경계하며 성벽을 노려보았다. 그리고 다시 한번 어이없어했다.

투석기 맞았다.

묵직한 뭔가를 위에 척척 얹더니, 정말로 휭휭 쏴 대기 시작했거든.

"아니, 우리가 니들한테 투석기를 쏴야지……."

"……왜 니들이 우리한테 투석기를 쏴?"

이내 바윗덩어리들이 허공을 갈라 토벌군 본진으로 날아들었다.

저런 눈먼 투석에 맞아 죽으면 개죽음도 그런 개죽음이 없으리라.

병사들이 기겁해 몸을 피했다. 날아오는 게 눈에 뻔히 보이니까 피하는 건 그리 어렵지 않았다.

쿵! 쿠쿵! 쿵쿵쿵!

바윗덩이들이 본진 곳곳에 내리꽂히며 흙먼지를 피웠다. 그리고 달그락거리며 움직이기 시작했다.

놈들이 던진 건 바위가 아니었다.

시체와 뼈다귀를 잔뜩 뭉쳐 낸 일종의 경단이었다.

경단이란 이름을 붙이기가 민망할 정도로 거대한, 직경 2미터짜리 고깃덩어리.

"윽?"

"이건 대체?"

욕지기가 나와 병사들이 인상을 쓸 때였다.

본진 곳곳의 고깃덩어리들이 일제히 신음하기 시작했다.

우우우…….

우우…….

동시에 덩어리가 해체되며 서로 붙어 갔다.

살점과 살점이 서로 붙고, 뼈와 뼈가 서로 붙는다. 그리고 인간의 형상으로 변해 간다.

그제야 병사들의 안색이 창백해졌다.

"어, 언데드다!"

"저 미친놈들이 언데드를 투석기로 던졌어!"

＊

미래 레번은 성벽 밖을 내려다보며 차갑게 웃었다.

살아 있는 병사를 투석기로 던지는 것은 차마 인간이 할 짓이 못 되고, 별 효용도 없다.

하지만 이미 죽은 병사야 투석기로 던져도 아무 문제 없지 않은가?

'전생 때 테스라낙 님께서 자주 쓰셨던 전술이지.'

사악한 사령술사 중에서도 이렇게까지 하는 이는 얼마 없다.

아무리 저 카르나크란 자가 사령술에 익숙해도 이런 건 처음 봤을 터.

미래 레번은 차갑게 비웃었다.

"후후후, 이제 어찌하겠느냐?"

그리고 잠시 후, 비웃음을 거뒀다.

"……음?"

날려 보낸 언데드 덩어리 주위로 여신교의 신관들이 우르르 몰려오고 있었다.

마치 기다렸다는 듯 언데드를 포위한다.

그러더니 성수를 뿌리고 여신께 기도를 올리며 성광을 퍼붓는다!

"여신이시여!"

"저 사특한 자들을 벌하소서!"

"이 가련한 자들을 올바른 죽음으로 이끄소서!"

이 언데드 투석 작전에는 단점이 하나 있다.

그냥 평소 상태로 던져 버리면 아무리 언데드라도 박살 나버린다. 그래서 일단 '해체'해서 던진 다음, 착지 후 다시 '합체'하는 과정이 필요하다.

시체 덩어리가 언데드 병사가 되는 과정에서 어느 정도 여유 시간을 필요로 하는 것이다.

날아든 언데드들이 제구실하기 전에 성수 뿌리고 신성력 퍼부으면?

그냥 제압 완료다.

"과연 카르나크 공 말대로군!"

"박살 난 뼈가 도로 붙을 틈을 안 주면 그만이라더니!"

일어서고 있는 도중인 언데드는 그냥 좋은 과녁판일 뿐이었다.

여신교의 신관들은 신바람을 내며 열심히 신성술을 퍼부었다.

토벌군 본진 곳곳에서 성스러운 폭발이 연신 터졌다.

쾅! 콰쾅! 콰콰쾅!

그 광경을 지켜보며 미래 레번이 중얼거렸다.

"……제대로 대응을 할 줄 아는데?"

솔직히 말하면 과하게 잘한다.

자고로 인간이란 소 잃기 전에는 외양간을 고치지 않는 종자인지라, 어느 정도 당한 후에야 대응책을 떠올리는 것이 정상이었다.

그런데 저들은?

여신교 신관들의 움직임은 실로 노련했다. 누가 봐도 미리 연습한 모양새였다.

이쪽이 이런 수법을 쓸 거라 미리 예상하지 않았다면 불가능한 대처 방법인 것이다.

"어떻게 저럴 수 있지?"

이쪽 수법을 예상한 것도 이해하기 힘든데 대처법으로 저걸 고른 건 더더욱 이해하기 어려웠다.

"저건 내가 테스라낙 님과 대적하던 시절 쓰던 방법인데……."

＊

계속해 여신교 신관단을 지휘하며 알리우스는 감탄을 흘렸다.

'이거 참 편하군.'

상대의 전법을 예측한 것도 모자라, 카르나크는 대처법까지 어렵지 않게 내놓았다.

ㅡ그냥 상대가 투석기로 불붙은 기름통 던진다고 생각하면 됩니다. 화재 진압은 평소에도 하잖아요?

기름통이 터지며 불이 번지면 어떻게 해야 하나? 서둘러 물과 모래를 뿌려야겠지?

ㅡ그런 것처럼, 어둠이 번질 때 성수와 신성력을 뿌리면 그만이죠.

대부분의 사령술이 위협적으로 느껴지는 이유는 몰라서인 경우가 많다.

카르나크의 이 비유는 꽤나 알아듣기 쉬웠다.

상대를 불붙은 기름통이라고 생각하니 의외로 대처가 어렵지 않았다.

덕분에 토벌군으로 날아든 스트라우스의 언데드 무리는 칼 한번 휘둘러 보지 못하고 도로 시체로 돌아가고 있었다.

아무 소득 없이 사령력과 시체만 낭비한 셈이었다.

'반면 토벌군은 하등 피해가 없지.'

카르나크의 놀라운 통찰력이 없었다면 이렇게까지 쉽게 풀리지는 않았으리라.

'저런 젊은 나이에 이렇게나 통찰력이 깊을 수 있다니, 참으로 하토바 님의 가호하심이로다.'

한편, 카르나크는 그런 알리우스를 보며 흡족해하고 있었다.

'역시 알리우스가 참 유능하단 말이지?'

토벌군의 지휘를 맡게 되었으니 믿을 만한 여신교의 신관들도 끌어들여야 한다.

그런데 카르나크에게 믿을 만한 신관 따윈 어차피 없다.

상대가 누구건 정체 들키면 만인의 적이 되는 처지다.

그렇다면, 들켰을 때 뒷수습이 편한 성직자가 좋은 성직자인 법!

그래서 또 알리우스부터 찾았다.

이번에도 그는 흔쾌히 달려와 주었다.

—불러 줘서 감사합니다!

—너무 좋아하시는 거 아닙니까? 전에도 자리 비우고 돌아다니다 혼났으면서.

—이번엔 제가 나선 게 아니라 카르나크 공이 불러 준 것 아닙니까? 교단 노인네들도 뭐라 못 하죠.

뿐만 아니라 알리우스는 여신교 신관 중에서도 유능한 이들을 여럿 끌어들여 주었다.

사악한 어둠에 맞서 신민들을 지키고 여신께 영광을 돌리고 싶어 하는 열정적인 젊은 신관들이 꽤 많았다.

그들을 모아 신관단을 꾸리니 상당히 강력한 전력이 되어 준 것이다.

슬슬 여신교 신관단이 날아든 언데드들을 모조리 격퇴했다.

상황이 끝난 듯하여 카르나크가 알리우스에게 다가갔다.

"수고하셨습니다. 이제 저쪽도 이런 식의 수법은 못 쓸 겁니다."

"그나저나 에밀 스트라우스도 너무하는군요. 이런 사악한 행위를 떠올리는 것으로 모자라, 실행까지 해 버리다니⋯⋯."

혀를 차며 알리우스가 스트라우스 성채 쪽을 노려보았다.

"카르나크 공이 대처법을 떠올렸기에 망정이지, 자칫 피해가 클 뻔했습니다."

옆에서 세라티가 묘한 표정을 지었다.

'어, 그게⋯⋯.'

실은 반대다.

이 사악한 짓거리를 개발한 게 카르나크고, 대처법을 떠올린 게 에밀 속의 미래 레번이다.

그럼에도, 하늘을 우러러 한 점 부끄럼 없는 표정으로 대꾸하는 카르나크였다.

"그러게 말입니다. 어찌 인간으로 태어나 저런 사악한 짓을 행할 수 있는지, 쯧쯧."

＊＊＊

이후로도 미래 레번은 언데드들을 이용한 다양한 전략을 펼쳤다.

일부러 병 걸려 죽은 시체들을 사령술로 일으켜 토벌군 본진으로 밀어 넣는 것 역시 그중 하나였다.

시체가 돌아다니면서 맹렬하게 기침만 해 줘도 역병 도는 건 순식간일 테니까.

하지만 무슨 짓을 해도 전혀 통하지 않았다.

신기할 정도로 카르나크는 미래 레번의 전략을 꿰뚫어 보고 있었다. 또한 대응법 역시 완벽에 가까웠다.

알리우스가 이끄는 신관단의 위업 덕분이었다.

강력한 성직자는 틀림없이 사령술의 천적이다.

적시에 적절하게 투입할 수만 있다면 신관단은 언데드를 무찌르는 가장 강력한 칼날이 된다.

몇 번을 시도해도 먹히지 않자, 결국 미래 레번도 더 이상 기책을 쓰는 걸 포기했다.

'안 되겠다. 저놈은 내 모든 전략을 다 예측하고 있어.'

그리고 도무지 이해가 안 가 인상을 구겼다.

'그런데, 왜 그 대응법이 전부 내가 쓰던 방식인 거냐고?'

스트라우스 측의 공세가 주춤해졌다.

더 이상 언데드를 이용한 기책을 쓰지 않고, 그저 성채에 처박혀 성벽을 지키는 데만 열중한다.

'호오, 슬슬 밑천 떨어졌나 보지?'

카르나크는 회심의 미소를 지었다.

'그럼 이제 내 차례다.'

스트라우스 성채 주위로 마법사들이 날아올랐다. 토벌군의 마법사단이었다.

완드를 휘두르며 마법사들이 저마다 가장 자신 있는 파괴 마법을 날려 댄다.

"파이어볼!"

"에너지 볼트!"

"익스플로젼!"

4~5서클의 마법이라 해도 파괴력은 상당하다.

제대로 명중하면 두꺼운 성벽이라도 일부 무너트릴 수 있을 정도다.

하지만 통하지 않았다.

마법사는 스트라우스 측에도 있었으니까.

"마법 방어를!"

"실드를 전개하라!"

반투명한 보랏빛 막이 성벽 곳곳에서 나타나 날아드는 파괴 마법들을 막아 냈다.

성채 여기저기서 폭발이 일었다.

쾅! 콰쾅! 콰콰콰쾅!

대기가 흔들리고 소음이 귀청을 찢는다.

그럼에도 성벽 자체는 무사했다. 명중하기도 전에 죄다 허공에서 폭발한 탓이었다.

오히려 토벌군이 준비한 투석기 쪽이 효과는 더 좋았다.

"발사!"

네 대의 투석기가 연신 바위를 날렸다.

마법 방어 실드는 말 그대로 '마법'을 방어하는 수법이다. 순수하게 물리력만으로 날아오는 집채만 한 바윗덩이의 질량은 감히 감당할 수 없다.

바윗덩이들이 성벽 곳곳을 강타하며 뒤흔들었다.

쿵! 쿠쿠쿵!

한때, 마법의 발전으로 발리스타나 공성추, 투석기 같은 물건이 구시대의 유물로 취급되던 시절도 있었다.

강력한 마법사는 공성 병기와 비슷한 파괴력을 보일 수 있다. 그런데 기동성은 훨씬 빠르고, 유지비도 적게 드는 데다, 범용성도 월등히 뛰어나다.

그냥 마법사 고용하면 되는데 왜 저 무거운 기구들을 들고 다닌단 말인가?

그러나 마법이 더더욱 발전하자 또다시 공성 병기의 필요성이 대두되었다.

마법과 물리적인 병기가 지닌 결정적인 차이 때문이었다.

날아드는 화살은 화살로 쏘아 맞힐 수 없다.

하지만 날아드는 마법은 마법으로 쏘아 맞힐 수 있는 것이다.

엄밀히 말하면 같은 마법으로 쏘아 맞히는 건 아니지만.

마법은 공격과 방어의 난이도가 대칭적이다. 6서클 마법을 막기 위해선 6서클 방어 마법을 펼치면 되는 식이다.

세계의 기운을 재구축해 현실에 구현하는 것이 마법이니, 그 기운을 역으로 해체할 수 있다면 마법은 막을 수 있다.

반면 기존의 물리적인 공격은 저 방식이 통용되지 않는다.

그러니 기운을 역으로 해체하는 게 아니라 순수하게 물리적 방어력을 지닌 방어막을 펼쳐야 한다.

여기서 방어의 난이도가 확 올라가 버리는 것이다.

투석기로 날린 바위의 파괴력은 대략 6서클 마법에 필적.

그런데 이걸 피해 없이 막으려면 최소 9서클의 물리 방어막을 펼쳐야 가능하다.

공격에 비해 방어의 난이도가 너무 높다.

이것이 인간 폭탄이나 다름없는 마법사들이 즐비함에도 투석기가 여전히 현역으로 쓰이는 이유였다.

성벽을 부수는 마법은 동급의 항마력장으로 막을 수 있지만, 날아오는 바위를 마법으로 막거나 박살 내는 건 고위 마법사들에게도 간신히 가능한 일이었으니까.

그래서 성벽을 공략하는 정석적인 방법은 보통 이런 식이었다.

투석기로 성벽을 흔들고, 마법사단은 공격 마법으로 상대 측 마법사에게 강제로 마법 방어를 쓰게 만든다.

여기서 상대 마법사를 놀게 만들면 저들이 오히려 공성을 노리는 쪽에 파괴 마법을 날려 댈 테니까.

그 틈에 오러 유저가 병사들을 이끌고 성벽을 오른다.

오러 유저의 투기검은 마력 방어장을 찢는 데 마법에 비해 좀 더 유리하다.

똑같이 기운을 사용하는 방식이니 투기 자체는 똑같이 약해지지만, 그래도 추가로 오러 유저 개인의 물리력이 첨가되니까.

칼날의 투기가 중화되어도 칼날 자체는 그대로, 그 칼날을 휘둘렀다는 사실도 그대로인 것이다.

이렇게 토벌군은 정석적인 방식으로 스트라우스 성채 곳곳을 공략해 갔다.

아쉽지만 결과는 그리 좋지 않았다. 솔직히 말하면 대실패에 가까웠다.

그럴 이유가 있었다.

'지나치게 뻔한 방법만 쓰는군.'

미래 레번의 입장에선, 하나같이 잘 아는 전략 전술이었으니까.

좀 신기할 정도였다.

이쪽의 사령술 수법에 대처할 땐 그토록 노련하던 인간이 정작 자신의 병사들을 다룰 땐 왜 저렇게 전형적일까?

게다가, 뻔하게 느껴지는 이유는 하나 더 있었다.

'기분 탓인가? 공격 방식조차도 내가 할 법한 짓만 골라서 하고 있는 것 같은데.'

※

카르나크를 바라보며 세라티가 중얼거렸다.

"어쩐지 개 같네요."

"우와, 너무하네요, 세라티 경."

혀를 차며 바로스가 말을 이었다.

"아무리 도련님이 개에 비해 확고한 도덕적 우위를 지니지 못한 것이 사실이라 해도 그건 좀……."

"아니, 그런 의미가 아니라요."

고개를 젓다 말고 세라티는 의아해했다.

실은 바로스가 오히려 카르나크 욕을 한 거 아닌가, 이거?

어쨌든 그녀는 정말로 탓하려고 한 소리가 아니었다.

그냥 어릴 적 본 개들 싸움이 생각났을 뿐.

둘 다 성벽을 두고 싸우고는 있는데, 정작 본격적으로 밀어붙이고 있는 것은 아니다. 서로 주력은 빼놓은 채 계속 상황만 지켜보고 있다.

뭐랄까, 사이 나쁜 개 두 마리가 목줄에 묶인 채 담벼락 하나를 두고 미친 듯이 짖고만 있는 형국인 것이다.

"서로 물지도 못하면서 말이죠."

카르나크가 어깨를 으쓱였다.

"어쩔 수 없잖아. 저쪽 레번의 목적이 뻔한데 그냥 걸려줄 수는 없지."

그리고 성채를 노려보며 쓴웃음을 지었다.

"저쪽도 내 목적을 뻔히 짐작하고 있으니 저러고 있는 것일 테고."

✳

이번 전투에서 미래 레번이 세운 목적은 이것이었다.

이대로 성채에 처박힌 채, 카르나크와 레번 스트라우스를 내부로 유인하는 것.

저들이 토벌군에 합류할 것은 의심치 않았다.

레번은 아버지, 갤러드를 구해야 하며 카르나크는 그런 레번의 주군이다.

게다가 카르나크는 검은 신의 교단을 방해하는 데 사활을 건 인물이었다. 오지 않을 리가 없었다.

예상외였던 건 카르나크가 아예 토벌군을 지휘하는 입장이 되어 버린 점이었다.

턱을 괸 채 미래 레번은 불만스레 중얼거렸다.

"그래서인지 원래 계획대로 잘 안되는군."

계획대로라면, 자신들이 이렇듯 계속 성채에 틀어박혀 농성할 경우 상대가 이런 판단을 내려야 한다.

―사령술사는 머리가 살아 있는 한 수족이 끝없이 재생한다. 그러니 몰래 숨어들어 에밀 스트라우스를 처치하겠다!

다수 대 다수로 싸운다?

정말 압도적으로 숫자가 많지 않은 이상, 소모전은 산 자의 군대가 죽은 자의 군대에게 패배할 수밖에 없는 구조다.

그러니 소수 정예 팀을 꾸려서 기습, 전격전을 벌이는 것이 사령술사를 상대하는 정석이자 확률적으로 가장 승산이 높은 전법이다.

사령술사가 적으로 나오는 영웅담에서 괜히 소수의 강자

들이 리치나 뱀파이어 등과 일대일로 싸우는 장면이 나오는 게 아닌 것이다.

그래서 적으로 나오는 사령술사들도 분명 영웅들이 자기 머리를 노릴 거라 예상하고 온갖 함정들을 본거지에 깔아 두곤 하지.

에밀 속 레번 역시 마찬가지였다.

요즘은 어지간한 이들도 어느 정도 사령술에 익숙해진 시대.

토벌군 지휘관이 아무리 무능해도, 이 정도로 성채가 난공불락이라면 가장 확실한 수법인 잠입, 암살을 노릴 거라 여겼다.

그런데 아직까지도 어떻게든 성채를 뚫으려고만 하는 것이다.

그리고 미래 레번은 그 이유조차도 짐작이 갔다.

"너무 유능해도 이런 식으로 나올 수 있어."

지휘를 맡은 카르나크가 사령술에 대해 알아도 너무 잘 안다는 점이 문제였다.

실제로 그간의 공성전에서 스트라우스 측의 피해가 전혀 없었던 것은 아니다.

성벽은 무너지지 않았지만 곳곳에 설치된 사령결계들이 상당히 망가져 버렸다.

처음엔 우연인 줄 알았지만 이쯤 되니 확신이 든다.

'일부러 노리고 부수고 있단 말이지?'

이는 카르나크에게 은밀히 숨겨 놓은 사령결계를 알아볼 수단이 있으며, 심지어 그것이 어떤 효과를 발휘하는지도 파악하고 있다는 소리였다.

도저히 이해하기 힘든 일이었다.

'보통 사령술사가 아니란 건 알고 있었지만, 설마 이 정도일 줄이야.'

그럼에도 미래 레번은 카르나크가 계속 이러고만 있을 순 없을 것이라 확신했다.

지금도 점점 줄어드는 건 산 자의 목숨이니까.

스트라우스 측은 딱히 피해가 없다.

아니, 정확히 말하면 스트라우스 가문은 상당한 피해를 보았지만 검은 신의 교단이 피해가 없다고 해야겠지.

죽은 기사들은 언데드가 되어 다시 일어났고, 죽은 병사들도 언데드가 되어 다시 일어났다.

교단의 사령술사들은 건재한 채 성벽 뒤에서 몸 사리고 있는 중이다.

그래서 미래 레번은 일부러 성벽 외곽의 결계를 보수하지 말고 내버려 두라 했다.

"함정이 어느 정도 해제되면 놈도 쳐들어오지 않고는 못 배기겠지."

바로스와 세라티, 레번을 앞에 두고 카르나크가 시큰둥하게 말했다.

"이는 말하자면 거미와 벌의 싸움과 비슷해."

거미는 거미줄을 가득 치고 먹이를 기다린다.

벌은 복잡한 거미줄을 피해 거미의 등에 침을 박아 넣어야 한다.

거미줄을 전부 피하면 벌의 승리, 벌이 자칫 거미줄에 걸리기라도 하면 거미의 승리다.

"함정인 줄 뻔히 알지만 그래도 기어들어 가서 적의 급소를 노려야 하지. 이건 나도 알아."

문제는, 카르나크 입장에서 참으로 하기 싫은 짓이란 부분이다.

왜냐고?

그의 적들이 그를 노릴 때 항상 했던 짓이거든. 그리고 1명도 성공한 적이 없거든.

1명이라도 성공했다면 카르나크가 사령왕이 되기도 전에 세상이 평화로워졌겠지?

"내 입장에선 이거 실패하는 경우밖에 못 봤단 말이야. 하고 싶겠냐?"

그런데 달리 선택할 방법이 딱히 없다.

카르나크는 반드시 에밀 속 레번을 붙잡아야 한다. 그래야 놈들의 정보도 얻고, 테스라낙의 계획도 방해할 수 있다.

설명을 들은 세라티가 피식 웃었다.

"서로가 서로를 반드시 잡아야 하지만 자기는 조금도 손해 보기 싫다는 거잖아요? 개싸움 맞네."

더구나 양쪽 모두 서로의 전략에 대해 너무 뻔하게 알고 있다는 점도 상황이 늘어지는 이유 중 하나다.

미래 레번은 카르나크의 전략을 쓰고 있고, 카르나크는 미래 레번의 전략을 쓰고 있으니까.

서로 괴상하게 얽혀 있다 보니 뭘 해도 다음 전략이 읽히고, 그럼 이쪽도 읽힌 걸 파악해 바로 포기하고 다시 다음 전략, 그럼 또 원상 복귀라는 악순환이 이어진다.

"이렇게 된 이상 상황이 불리하더라도 무리를 해서 나아가야 하지 않을까요?"

레번의 의견은 바로 기각되었다.

"나한테 패한 이들이 항상 저질렀던 실수가 그거야."

미래의 많은 영웅들이, 무리를 해서라도 나아갔다가 사령왕의 개가 되었다.

"그, 그건 안 좋네요."

"뭐, 그래서 나도 생각해 둔 건 있어."

카르나크가 어깨를 으쓱였다.

현 상황에서 무리를 하지 않고도 나아가려면 방법은 하나

뿐이다.

"익숙한 사령술을 쓰는 상황을 만드는 수밖에."

세라티가 미심쩍은 듯 눈을 흘겼다.

"그걸 어떻게 만드시려고요?"

＊＊＊

그날 저녁, 황혼의 교단이라는 사악한 집단이 토벌군을 찾았다.

"우리는 황혼의 여신 세라칼을 섬기는 자들이다! 여신의 아이들이여, 그대들을 도와 타락한 스트라우스를 물리치기 위해 이곳에 왔다!"

당당한 뎀피스의 선언에, 당연히 여신교단은 발칵 뒤집혔다.

"아니, 이곳이 어디라고 저놈들이 감히!"

그런데, 뒤집힌 건 여신교단뿐이고 다른 토벌군 기사들은 반응이 좀 달랐다.

"오, 뎀피스 공! 오랜만이구려."

"말로카 공도!"

어째 서로 알은척을 한다.

의외로 각국의 킹스 오더들이 그간 황혼교와 얽힌 경우가 꽤나 많았던 것이다.

심지어 카르나크조차도 놀라서 몰래 물어볼 정도였다.

[뎀피스, 너 쟤랑 어떻게 아냐?]

[몇 달 전에 쟤네 집안 구해 줬었는데요.]

[말로카 너는?]

[저번 달에 저 동네에 뇌물 먹였어요.]

[어우, 너희들 정말 활동 열심히 했구나? 장하다!]

카르나크는 실로 기쁘게 황혼교와 4대 총독을 맞이했다.

드디어 기다리던 이들이 도착한 것이다.

벌 입장에서, 거미줄을 피해서 거미 등을 노릴 자신이 도저히 없다면 어찌해야 할까?

"다른 거미 불러서 거미줄 대신 끊으라고 하면 되는 것 아니겠냐?"

심야의 암살자

스트라우스 성채 중앙의 본성.

에밀 스트라우스는 영주의 관에서 실버 나이트 카이론의 전황 보고를 받고 있었다.

"부상자가 서른여덟, 사망자는 없습니다."

부상자가 저 정도로 나왔는데 사망자는 없다는 게 가능한 일인가 싶겠지만, 현재 스트라우스군의 특수한 편제가 저 말도 안 되는 일을 가능케 한다.

"이미 사망한 자가 파괴된 경우라면 꽤나 많지만, 굳이 숫자에 넣을 필요는 없겠지요? 어차피 내일이면 도로 움직일 테니 말입니다."

꽤나 무미건조하게, 사무적으로 보고한다. 딱히 감정이나 충성심이 느껴지지 않는 말투다.

아니, 정확히 말하면 감정은 느껴지고 있었다.

애써 감추고는 있지만 풀 길 없는 분노와 증오가.

그를 바라보며 에밀 속 레번은 내심 웃었다.

'여전히 내가 증오스러운가 보군. 당연하겠지만.'

카이론은 에밀 스트라우스에게 충성을 바치고 있지 않았다.

아니, 이 반역에 동참한 스트라우스의 가신들 대부분이 비슷한 처지였다.

그저 인질로 잡힌 갤러드 때문에 억지로 명령에 복종하고 있을 뿐인 것이다.

그러니 겉으로는 명령을 따르는 척하며 뒤로는 딴 수작을 하고 있어야 정상일 터.

하지만 저들이 배신하거나 할 걱정은 없다.

카이론을 비롯해 가신들 전체에게 걸려 있는 강력한 정신 제압술 덕분이었다.

저들에게 무왕 갤러드를 배신하고 에밀에게 충성을 바치라는 식으로 정신 제압을 걸어 놓은 것은 아니다.

정신 제압은 상대의 정신력이 높을수록, 제압한 내용이 본성에 어긋날수록 난이도가 기하급수적으로 증가한다.

그러니 저런 식으로 정신을 제압해 봤자 실패할 확률이 너무 높아지며, 만약 성공한다 해도 고작해야 한둘에 불과할 뿐이다. 지금처럼 대다수에게 정신 제압을 걸 수는 없다.

그래서 검은 신의 교단은 스트라우스의 가신들에게 이런 식으로 정신 제압을 걸었다.

─인질로 잡힌 무왕 갤러드의 안위에 조금이라도 해가 되는 일은 피하라.

완전히 생각을 바꾸게 만드는 것은 너무 어렵다. 특히나 상대가 카이론 같은 고위 오러 유저나 마법사라면 거의 불가능에 가깝다.

하지만 성향은 그대로 놔둔 채 방향만 살짝 틀어, 보다 맹목적으로 본인의 생각에 매몰되게 만드는 건 가능하다.

그래서 카이론 같은 실버 나이트조차도 정신 제압에 걸려 버린 것이다.

사령술을 쓰지 않았더라도 어차피 갤러드의 안위 때문에 명령을 따랐을 테니까.

그저 좀 더 맹목적으로 바꾸어 놓았을 뿐이지.

덕분에 충성심이라곤 전혀 없음에도, 절대 배신은 하지 못하는 현 상황이 만들어졌다.

전황 보고를 마친 카이론이 잠시 고민하더니 물었다.

"에밀 도련님이 뭘 원하시는지는 저도 압니다."

저들, 특히 카르나크 일행이 성채로 잠입하는 걸 기다리고 있다.

"그러려면 좀 더 거칠게 몰아붙여야 하지 않겠습니까? 피해가 클수록 저들의 선택지도 하나밖에 남지 않게 될 테니까요."

에밀 속 레번이 고개를 저었다.

"그럴 순 없다."

"예?"

"여기서 더 몰아붙이면 저대로 도주해 버릴 것이다."

너무도 확신에 찬 어조이기에 카이론은 잠시 의아해했다.

하르톨의 영웅, 카르나크 남작의 명성은 그 또한 들은 바 있었다.

그가 사령술과 검은 신의 교단을 얼마나 증오하고 박멸하려 하는지 또한.

'사령술사를 앞에 두고 결코 물러섬이 없다는 자인데, 왜 이 정도 공세에 물러설 거라 생각하는 거지?'

그러나 이내 표정을 풀었다.

'……굳이 내가 지적해 줄 필요까진 없겠지.'

배신은 하지 않겠지만, 충성을 다할 생각도 없다.

에밀 스트라우스가 뭔가 실수를 한다면?

그래서 카르나크란 자가 에밀의 목을 베고 갤러드를 구해 낸다면 오히려 기쁜 일이다.

무심한 얼굴로 카이론은 고개를 숙였다.

"알겠습니다. 지금의 균형을 유지하도록 하지요."

세*

소수 정예로 적의 우두머리를 잡는 방법에는 크게 두 가지가 있다.

첫 번째는 몰래 적진에 숨어든 뒤, 경계망을 피해 빠르게 우두머리에게 접근해 처리해 버리는 암살 스타일.

두 번째는 외부에서 크게 난동을 일으켜 혼란을 일군 뒤, 그 틈에 별동대가 내부의 목표를 찾아 처리하는 성동격서 방식이다.

에밀 속 레번은 내내 전자를 유도하고 있었고 카르나크는 내내 후자를 노리는 중이었다.

잠입 및 암살은 계획대로만 되면 아군의 손실을 최소화하며 확실하게 목적을 달성할 수 있다.

하지만 계획대로 안 풀리면 적진 한가운데서 오도 가도 못하는 것이다.

상대는 분명 은밀한 사령결계를 곳곳에 깔고 기다리고 있을 텐데 스스로 함정에 걸어 들어가는 것은 어리석은 짓이다.

다른 사람도 아니고 카르나크 자신의 목숨이 걸린 일인데 어찌 운에 맡기고 덤벼들 수 있을까?

물론 총지휘관인 그가 군이 별동대로 직접 나설 이유까지는 없다.

실제로 그냥 토벌군의 다른 강자들로 별동대를 꾸려 에밀 스트라우스의 암살을 시도하자는 의견도 있긴 했다.

하지만 카르나크는 이를 승낙할 수 없었다.

일단 표면적인 이유는, 토벌대에서 에밀 스트라우스와 실버 나이트 카이론을 상대할 정도의 전력이 카르나크 일행밖에 없다는 것이었다.

이것도 틀린 말은 아니지만, 진짜 이유는 따로 있었다.

다른 사람이 에밀을 죽일 가능성도 극히 적거니와, 행운이 따라 정말 죽여 버렸다 해도 마찬가지로 곤란해진다.

그 속에 든 레번의 영혼을 테스라낙이 먼저 챙겨 갈 테니까.

카르나크가 직접 에밀 속 레번을 죽여야 확실하게 영혼을 장악할 수 있는 것이다.

그래서 카르나크는 성동격서를 꾸준히 노리고 있었다.

일단 성동격서 방식은 리스크가 확연히 적다.

혼란을 틈타 아군의 원조하에 전진하는 것이기에 적진 한가운데 갇힐 일이 거의 없다.

물론 그만큼 빠르게 작전을 전개하지 않으면 일이 꼬일 가능성도 높아지지만, 그래도 실패 시 무사히 몸을 빼낼 수 있다.

이걸 아니까 에밀 속 레번도 아예 성채를 넘지도 못하게 방어에 집중하고 있었던 것이지만.

저쪽은 암살하러 오라고 꼬드기고 이쪽은 문 열면 들어가 겠다고 되받아치는, 세라티 표현대로 목줄 묶인 개들의 싸움이 이어지고 있었던 이유였다.

"하지만 적어도 이제 함정을 처리하는 건 가능해졌다."

인간으로 위장 중인 4대 총독을 바라보며 카르나크는 빙그레 웃었다.

파악할 수 있는 사령결계는 이미 대충 다 무너트렸다.

남은 건 그조차도 발동 전에는 존재를 확인할 수 없는 은밀한 것들뿐.

문제는 대부분의 사령결계가 일단 발동하고 나면 내부에서 감당하기 극히 어려워진다는 점이었다.

이제까지야 수준 차이가 워낙 심해 함정에 빠진 후에도 쉽사리 해체가 가능했지만, 상대가 미래 레번이라면 아무리 카르나크라도 장담은 할 수 없다.

하지만 함정 발동 후에도 외부에서 사령결계를 담당해 줄 믿음직한 전력이 있다면?

"잠입 암살도 시도해 볼 만하지."

❊

야심한 시각의 스트라우스 성채 남쪽.

유독 구름이 짙게 깔린 밤이다. 초승달의 옅은 빛만으론 도저히 시야를 확보하지 못할 정도로 사방이 어둡다.

그 어둠 속을 은밀하게 이동하는 한 무리의 일행이 있었다.

칠흑 같은 검은 로브 차림으로 어둠에 몸을 숨긴 채 대지의 그림자를 따라 움직이고 또 움직인다.

이윽고 일행이 성벽 바로 밑에까지 도달했다.

로브 아래로 땀을 훔치며 카르나크가 속삭이듯 중얼거렸다.

"어휴, 여기까지 오는 것도 일이네."

어둠을 틈타 움직이는 것이 말은 쉽지만 실제로 행해 보면 이야기가 다르다.

대부분의 성채가 그렇듯, 스트라우스 성채 외곽 쪽은 시야 확보를 위해 대부분이 광활한 대지로 이루어져 있다. 몸을 숨길 만한 장소가 극히 한정적이란 소리다.

게다가 스트라우스 가문은 일개 병사라도 군기가 매우 투철하다. 한밤중이라고 게으름을 피우거나 꾸벅꾸벅 조는 초병 따윈 존재하지 않는다.

달이 구름에 가려질 때를 노려 조심조심 이동해서 겨우 여기까지 온 것이다.

카르나크 이상으로 목소리를 낮춘 채, 알리우스가 작게 대꾸했다.

"그래도 안 들키고 무사히 왔잖습니까? 시작이 좋군요."

카르나크가 에밀을 상대할 소수 정예의 별동대로 고른 것은 물론 평소의 일행이었다.

바로스와 세라티, 레번과 라피셸.

이들과는 손발도 잘 맞을뿐더러 토벌군의 다른 오러 유저들과 비교해도 뛰어난 실력을 지니고 있었으니까.

여기에 하토바의 특급 심문관, 알리우스가 추가되었다.

다른 이들은 그렇다 치고 굳이 알리우스를 끼운 이유가 있었다.

에밀 속 레번과의 전투가 어떤 식으로 전개될지는 싸워 보기 전에는 모른다.

하지만 어떤 전투이건 간에, 강력한 성직자가 백업을 맡아 준다면 승산은 크게 올라가는 법이다.

물론 예전에야 알리우스 눈치 보느라 사령술 쓰기 힘들었지만, 지금은 사법의 중개자로 꽤나 사기를 쳐 놔서 별로 이상하게 생각하지 않을 것이다.

어차피 라피셸 눈치도 봐야 하는 판국이라 알리우스 하나 더 늘어난다고 달라질 것도 없었다.

그리고 알리우스는 성직자들 중에서도 유독 유능한 자였다.

신관으로서의 능력을 이야기하는 것이 아니다.

알리우스만큼 강력한 신성력을 지닌 신관은, 분명 흔하다고 할 정도까진 아니지만 제법 있다.

그가 다른 신관들과 차별화되는 강점은 바로 이것이었다.

신관답지 않게 몸을 굉장히 잘 쓴다는 점.

칼도 잘 다루고, 무술에도 조예가 있고, 신체 능력 전반도 뛰어나다.

솔직히 신성력 없이 그냥 일반 기사들과 싸워도 밀리지 않을 정도다.

워낙 심문관으로 돌아다니며 온갖 사령술사들을 처단하다 보니 무술적 조예가 저절로 높아진 것이다.

'확실히 전투 관련으론 어지간한 성직자 이상으로 믿을 만하긴 하지.'

알리우스를 잠시 바라보다 말고 카르나크는 고개를 들었다.

어둠 저편에 흐릿하게, 높게 솟구친 스트라우스 성채의 성벽이 시야에 들어온다.

레번이 작게 중얼거렸다.

"이 성벽을 오르는 것도 문제군요."

성벽의 높이는 10여 미터 정도.

사실 마법사나 오러 유저에겐 그리 높은 성벽이라 할 수 없다. 그냥 뛰거나 날아올라 버리면 되니까.

이 정도 높이라면 적색급 오러 유저만 되어도 성벽 몇 번 박차는 것만으로 쉽게 오를 수 있을 것이다.

진짜 문제는 이쪽이었다.

"몰래 올라가긴 쉽지 않아 보이는데."

대부분의 군사용 요새가 그렇듯, 스트라우스 성채에도 감지 결계가 곳곳에 설치되어 있었다.

오러나 마법, 신성력 같은 기운을 써서 움직이면 결계에 걸려 버리는 것이다.

뭐, 결계 부수면서 이동하면 걸리지 않을지도 모르지만 이 경우에는 결계가 부서졌다는 사실이 들통 나겠지.

즉, 저 높다란 성벽을 오로지 인간의 육체 능력으로만 기어올라 가야 한다. 그것도 성벽 위 경비병들에게 들키지 않으면서.

세라티도 고개를 끄덕였다.

"못 올라갈 정도는 아닌데, 들키지 않을 자신이 없네요."

평평한 성벽에 웬 시꺼먼 그림자들이 도마뱀처럼 달라붙어 꿈틀대고 있는데 그걸 못 알아차릴 초병은 없을 것이다.

"게다가 우리야 기어올라 갈 수 있지만 카르나크 님 체력으론 좀 힘들지 않을까요?"

그녀의 질문에 카르나크가 어깨를 으쓱였다.

"괜찮아. 어차피 기어올라 갈 생각 없었어."

"그럼 어떻게 하시려고요?"

"이렇게."

카르나크 주위로 희미한 어둠이 피어올랐다.

라피셀과 알리우스가 흠칫 놀라 안색을 굳혔다.

'앗?'

'이건?'

사령력이었다.

결코 용납할 수 없는 사악한 어둠의 기운.

그러나 둘은 이내 표정을 풀었다.

잠깐 놀랐지만, 생각해 보면 이미 비슷한 경험을 한 적이 있다.

"사법의 중개자 마법입니까?"

"응."

확실히 이곳의 감지 결계는 오러나 마법, 신성력에는 민감하게 반응한다. 검은 신의 교단이 장악했던 던전 총독 보관소에서처럼.

"하지만 이건 걸리지 않을 거 아냐?"

은밀하게 어둠의 기운을 바닥에 깔며 카르나크가 일행에게 손짓했다.

"그럼 다들 내 주위로 모여."

어둠이 일어 올라 모두를 통째로 삼키며 허공으로 서서히 떠오르기 시작했다.

농성 중인 요새 대부분이 그렇지만, 스트라우스 성채에서 가장 굳건한 방비를 갖추고 있는 곳은 누가 뭐래도 사방의 성벽이다.

실버 나이트 카이론을 비롯해 가문의 주력이 전부 성벽 근처에 머물러 있다.

아예 숙식조차 근처에서 행하며 밤낮을 가리지 않고 경계 중이다.

그래서 본성 안쪽은 상대적으로 경계가 덜한 편이었다.

노련한 기사들과 병사들이 성벽을 지키는 사이, 비교적 경험이 적은 이들이 본성이며 성채 안쪽의 순찰을 맡아 혹시 있을지 모를 침입자를 경계하는 것이다.

밤의 고요가 깔린 스트라우스 성채 내성.

건장한 병사 2명이 두꺼운 석벽으로 이루어진 복도를 순찰하고 있었다.

사방은 어두웠다. 흐릿한 달빛이 스며드는 창문과 벽에 걸려 희미하게 타오르는 촛불만이 유일한 광원이었다.

그런 만큼 더더욱 정신을 곤두세워 경계를 할 필요가 있었다.

대충 무시하고 지나친 어둠 속에 무엇이 숨어 있을지 알 수 없기에.

"······라고는 해도, 어차피 여기까지 잠입할 수 있는 놈들도 없지 않습니까?"

경비병 중 젊은 병사가 혀를 찼다.

"카이론 경이며 가문의 정예 기사들이 철통같이 성벽을 지키고 있는데 말이죠."

좀 더 나이 든 병사가 빙그레 웃으며 대꾸했다.

"반대로 생각해 보게."

"반대라뇨?"

"그런 우리가 정말 적을 만나는 경우라면, 대체 어떤 자들
이겠는가?"

무려 실버 나이트 카이론과 스트라우스 가문의 최정예가
똘똘 뭉친 저 무자비한 경계망을, 귀신도 모르게 뚫고 잠입
한 인간들이란 소리가 된다.

"더더욱 긴장을 늦출 수 없지 않겠나?"

청년은 여전히 납득이 안 가는 듯했다.

"상대가 그 정도라면 더더욱 우리가 할 수 있는 일이 없지
않습니까?"

"그렇긴 한데……."

노병은 쓴웃음을 지었다.

눈앞의 젊은 병사와 달리, 그는 경비병의 진짜 역할을 이
해하고 있었다.

'죽을 때 죽더라도, 소란을 피워서 적습을 알리고 죽어라
이거지.'

하지만 아직 어린 친구에게 거기까지 떠들어 사기를 꺾을
필요는 없지.

대충 얼버무렸다.

"그만큼 신경을 써야 한다는 소리야."

그렇게 대화를 나누며 막 복도를 꺾어 나아가던 중이었다.

휘이잉…….

바람이 불었다.

촛불이 순간 흔들리며 그림자가 요동칠 정도의 바람이었다.

'음? 뭐지?'

노병은 순간 놀랐다.

바람이 부는 것이야 딱히 이상할 게 없다.

하지만 이곳은 성내의 복도. 촛불이 흔들릴 만큼 바람이 불려면 창문이 열려 있지 않고서야 힘들다.

그리고, 이 야밤에 창문이 열려 있다는 건 결코 좋은 징조가 아니지.

'설마 진짜로 침입자가?'

기겁한 병사들이 창칼을 움켜쥔 채 창문 쪽으로 향했다.

창문은 굳게 잠겨 있었다. 딱히 누군가가 오간 흔적도 보이지 않았다.

"침입자는 아닌가……."

병사들은 안도했다. 그리고 다시 긴장했다.

"……그럼 바람은 왜 분 겁니까?"

휘이이잉!

다시 한번 거칠게 바람이 불었다. 이번엔 복도 벽에 걸린 촛불들이 일제히 꺼질 정도로 강력한 바람이었다.

팟! 팟! 파파팟!

줄지어 걸려 있던 불빛들이 순차적으로 사라지며, 어둠이 괴물처럼 복도를 타고 밀려들어 온다.

"헉!"

"뭐, 뭐야?"

창을 쥔 채 병사들은 서로 등을 맞대고 식은땀을 흘렸다.

갑자기 사방이 급격하게 어두워져 미처 밤눈이 뜨이질 않았다.

한시바삐 눈이 어둠에 적응하길 기다리고 있을 때였다.

철그렁…… 철그렁…….

잘그락거리는 쇠사슬 소리가 복도 저편에서 울렸다.

오호호…….

흐릿한 여자애의 웃음소리가 쇳소리 사이로 흐느끼듯 들려왔다.

'으, 으헉!'

'이게 뭐야?'

병사들은 패닉에 빠졌다.

적이 나타났다면 차라리 이해할 수 있다. 하지만 지금 들리는 이 괴상한 소리들은 대체?

계속해 쇠사슬이 잘그락거린다.

철컹, 철컹.

계속해 소녀의 웃음이 이어진다.

오호호, 호호, 호호호······.

어둠이 끝도 없이 퍼져 간다.

창밖으론 흐린 달빛이 간신히 사물의 윤곽만을 드러낼 뿐이다.

'으으으······.'

칠흑 너머를 노려보며 병사들이 보이지 않는 소리에 맞서 침을 꿀꺽 삼킬 때였다.

'어?'

갑자기 어둠 속에서 얼굴이 나타났다.

섬뜩할 정도로 딱딱하게 굳은, 마치 시체처럼 창백한 미녀의 얼굴이었다.

너무 놀라 채 비명도 나오지 않았다.

두 병사는 제자리에서 딱딱하게 굳었다.

"······!"

그 순간 뭔가가 젊은 병사의 다리를 붙잡고 끌어당겼다.

"으, 으어?"

채 뭘 해 보기도 전에 병사의 모습이 어둠 속으로 사라진다.

경악한 노병이 입을 크게 벌렸다.

"······!"

고함을 지르고 싶은데 아무 소리도 나오지 않는다. 어떻게 된 것인지 전혀 모르겠다.

그리고 그 역시 쇠사슬에 휘감겨 어둠 속으로 빨려 들어갔다.

텅 빈 어둠 속에 남은 것은 그저 정체 모를 소녀의 웃음뿐이었다.

오호호호…… 오호호호…… 오호호호…….

⚜

어둠이 걷히며 한 무리의 일행이 모습을 드러냈다.

카르나크와 그 일행이었다.

다들 멀쩡히 서 있는데 잿빛 머리 소녀만 모습이 조금 이상했다.

그녀는 복도 구석에 쪼그려 앉아 입을 가린 채 연신 오호호 오호호 하고 있었다.

"이제 그만해도 돼, 라피셀."

"아? 끝났어요?"

도로 몸을 일으키며 라피셀이 고개를 갸웃거렸다.

"그런데 이거 왜 하는 거예요?"

"음향효과."

"……?"

여전히 이해가 안 간다는 소녀의 반응에 카르나크는 피식 웃었다.

"심령을 제압해야 소리를 지르지 못하게 만들 수 있거든."

여기서 복잡한 사령술 이론을 일일이 설명할 생각은 없다. 해서도 안 되고.

대충 넘어갔다.

"덕분에 죽이지 않고 기절만으로 끝낼 수 있었어. 고맙다."

"네!"

사람이 안 죽었으니 라피셀도 기분이 좋았다. 생글거리며 그녀가 복도로 나아갔다.

뒤를 따르며 알리우스가 나직이 중얼거렸다.

"사법의 중개자가 경지에 이르셨군요. 정말 사령술 같았습니다."

의심이 들어 비꼬듯 말하는 게 아니라, 알리우스 딴에는 진심으로 하는 소리였다.

누누이 말하지만 그는 한번 믿은 이는 끝까지 믿는 성품인 것이다.

"이 정도면 저들도 절대 눈치채지 못하겠지요."

"그래도 방심할 순 없지요."

뻔뻔하게 받아치며 카르나크가 모두를 재촉했다.

"그럼 계속 갑시다."

일행의 모습이 하나둘 어둠 속으로 사라지기 시작했다.

마법의 등불로 밝혀진 집무실.

에밀 속 레번은 평소처럼 그간 소모된 물자며 병력 등에 대한 보고서를 살피고 있었다.

"물자는 딱히 모자라지 않군. 당연하겠지만."

피식 웃은 뒤 그가 서류를 넘겼다.

"그런데 병력 관리는 꽤 골치 아프단 말이지?"

현재 스트라우스 가문은 상당수의 일반 병사를 사령술사들이 일으킨 언데드로 충당하고 있다. 덕분에 보급 문제로부터 상당히 자유로워진 것은 사실이다.

하지만 그것이, 행정 작업량이 줄어듦을 의미하진 않는 것이다.

살아 있는 병사 대신 죽은 병사가 천 명이라 해서, 아무런 신경도 쓰지 않고 나아가 싸우라고 하면 만사형통으로 전투를 척척 진행할까, 과연?

사령술은 죽은 시체를 다시 일으키는 수법이지 부서진 칼과 방패까지 다시 수리할 수 있는 수법은 아니다. 병사가 언데드라 해도 무장 관련 보급 문제는 여전히 남는다.

게다가 병력의 유지, 보수도 다른 의미에서 신경을 써야 했다.

언데드의 경우에는 놈들을 부리는 사령술사들이 바로 보

급창이다.

그들이 부여한 어둠의 기운이 얼마나 오래 지속되는지, 소모된 사령력을 재충전하려면 어느 정도 시간이 걸리는지, 그동안 사령술사들을 어떻게 로테이션을 돌려 휴식을 취하게 할 것인지 등을 모두 고려해야 한다.

산 자건 죽은 자건, 움직이고 쪽수를 차지하는 존재라면 결국 숫자 놀음에서 벗어날 수 없다.

종류가 달라졌을 뿐 행정 작업 자체는 그대로인 것이다.

"아니, 어떤 의미에선 오히려 더 늘었나?"

에밀의 얼굴로 레번은 쓴웃음을 지었다.

"전생 땐 이런 일은 그냥 부관들에게 맡겼는데."

살아생전 인류의 영웅으로 테스라낙에게 저항할 땐 다른 인간 동료들이 맡아 주었고, 데스 나이트로 부활해 인류의 적이 된 후엔 언데드 마물이 부관 역할을 했다는 점이 다를 뿐.

하지만 지금은 맡길 사람이 딱히 없었다.

물론 스트라우스의 기사들은 부관 역할을 하기에 충분한 능력을 지니고 있었다. 하지만 아무리 저들이라도 언데드 병사를 다루는 일에 대해선 아는 것이 없다.

그렇다고 검은 신의 사령술사들에게 맡기자니 그것도 무리였다.

무지한 농민으로 살다가 갑자기 분수에 안 맞는 힘을 얻은 이들이다. 이런 식의 전략, 전술적인 지식 따윈 전혀 없다.

그저 사령술 펼치고 시체 일으켜서 '돌격! 돌격!'만 외치는 바보들이었다.

덕분에 오늘도 혼자서 끙끙대며 기사답지 않은 일에 매달리는 신세가 된 것이다.

한참 서류를 확인하다 말고 미래 레번은 문득 창밖을 바라보았다.

구름이 잔뜩 껴 달빛이 흐리다.

충분히 검은 밤, 잠입하기 딱 좋은 어둠이다.

턱을 괸 채 그가 투덜거렸다.

"이놈들 대체 뭐 하는 거지? 이쯤 됐으면 슬슬 시도 정도는 할 법도 한데."

그렇다고 설마 자신도 모르는 새에 놈들이 잠입에 성공했을 리도 없고.

이곳, 스트라우스 성채엔 두 종류의 사령결계가 설치되어 있다.

은밀한 척하지만 실은 겉으로 드러난 미끼 역할의 결계, 그리고 내성 주위에 펼쳐 놓은 진짜 함정 결계다.

후자의 경우엔 설령 네크로피아 제국의 4대 총독이었던 뎀피스나 말로카가 직접 와도 절대 알아차릴 수 없다.

이것이야말로 테스라낙께서 직접 전수해 주신 진정한 어둠의 지혜이니까.

그런데 그 결계를 모조리 파악하고, 모조리 해체한다고?
심지어 그 과정에서 아무도 알아차리지 못하게?

저 카르나크란 자가 테스라낙의 화신이라도 되지 않는 이
상은 불가능한 이야기다.

그는 다시 서류로 시선을 옮겼다.

그렇게 한창 서류를 확인하던 중이었다. 문득 누군가가 방
문을 두드렸다.

"들어가도 되겠습니까?"

무심결에 승낙했다.

밤이 깊긴 했지만, 급한 용무라면 상황 불고하고 최우선적
으로 보고하라 해 두었으니 딱히 이상한 상황은 아니다.

끼이익…….

문이 열리고 한 무리의 일행이 집무실 안으로 들어섰다.

그래서 에밀 속 레번은 깃펜을 든 채 잠시 멍한 표정을 지
을 수밖에 없었다.

"……어?"

대체로 아는 얼굴들이었다. 심지어 그 속엔 현세의 자기
자신마저도 보였다.

일행의 선두에 선 흑발의 청년, 카르나크가 부드럽게 웃었
다.

"안녕하신가, 에밀 스트라우스 경?"

잠시 침묵이 맴돌았다.

고요가 카르나크 일행과 에밀의 육체를 차지한 레번 사이로 무심히 흐른다.

"허, 이거 놀랍군……."

웃음인지 한숨인지 애매한 목소리가 침묵을 깼다.

"올 거라 예상은 했지만 이런 식은 아니었는데."

차분한 시선이 카르나크를 위아래로 훑어간다.

"정말 모든 결계를 전부 파해한 건가?"

"그랬지."

"어떻게?"

"하니까 되던데?"

비웃음과 함께 카르나크는 어깨를 으쓱였다.

하지만 눈은 결코 웃고 있지 않았다.

"덕분에 그대 혼자 남게 되었지. 귀찮은 실버 나이트나 다른 사령술사들도 안 보이고. 이 정도면 할 만하지?"

"할 만하다라……."

에밀 속 레번이 천천히 허리로 손을 가져갔다.

"여기가 함정이란 것 정도는 짐작하고 있겠지?"

"당연하지. 뻔하잖나?"

비웃는 듯한 말투로 카르나크가 말을 이었다.

"그 정도 함정쯤이야 파악만 하면 처리가 어렵진 않지."

실은 평생 갈고닦은 심오한 사령술 이론이 있기에 겨우 가능한 것이었다.

하지만 티는 내지 않는다, 언제나 그래 왔듯이.

그러자 에밀의 얼굴에 차가운 미소가 떠올랐다.

"처리가 어렵지 않다고?"

검이 뽑혔다.

스르릉…….

날카로운 금속음과 여유로운 목소리가 동시에 울렸다.

"그렇다면 네놈은 아직 함정이 뭔지 모르고 있구나."

두꺼운 돌로 이루어진 본성 외벽에서 거대한 폭발이 일어났다.

콰아아앙!

어두운 밤하늘을 뚫고 충격파가 퍼져 나가며 자욱한 폭연이 피어올랐다.

그 광경은 남쪽 성벽 위의 카이론 경과 스트라우스 기사들에게도 똑똑히 보였다.

"뭐, 뭐야?"

"적습이다!"

인상을 쓰며 카이론은 눈을 가늘게 떴다.

뭐가 보이는 건 아니었지만, 상황은 대충 짐작이 간다.

'혹시 에밀 도련님이 말씀하시던 암살자들 짓인가?'

그렇다면 기사 된 이로서 응당 그를 구하러 달려가야 할 터.

스트라우스 성채가 어지간한 마을보다도 넓긴 하지만, 그래도 어디까지나 요새다.

실버 나이트의 능력이라면 본성까지 달려가는 데 몇 분 걸리지도 않을 것이다.

그 순간 토벌군이 약속이라도 한 듯 야습을 감행하지 않았다면 말이지.

"와아아아아!"

"돌격!"

"돌격하라!"

성채 사방에서 대군이 몰려들고 있었다.

그동안 지겹도록 겪어 왔던 공성 전투를 또 걸어오는 것이다.

이제까지와 다른 점이 있다면, 이번에는 언데드가 제힘을 발휘하는 한밤중이라는 것뿐.

기사들이 성벽 밖을 내려다보며 중얼거렸다.

"협공인가?"

"저 폭발이 신호였나 보군요."

카이론은 고민했다.

이래서야 성벽을 떠날 수 없다. 에밀 스트라우스는 그에게 반드시 성벽을 지킬 것을 명령했으니까.

그에게 걸려 있는 정신 제압이 카이론의 의지를 맹목적으로 끌어당겼다.

"내게 주어진 임무는 성벽 수호."

솔직히 말해서, 에밀 스트라우스의 목이 잘린다고 딱히 서운해할 사이도 아니었다.

현재 그에게 있어 최고의 가치는 오로지 주군, 무왕 갤러드의 안위뿐인 것이다.

카이론은 검을 뽑았다.

부우우웅!

굉음과 함께 찬란한 은빛 오러가 칼날을 휘감았다.

"명령을 따르는 것이 우선이다."

우렁찬 외침이 성벽 위로 쩌렁쩌렁 울려 퍼졌다.

"전원 전투준비! 공격에 대비하라!"

❊

부서진 석벽의 구멍을 통해 자색빛 오러를 두른 청년이 뛰어내린다.

청년이 흙먼지를 가르며 본성 마당에 착지한다. 그의 머리 위로 섬뜩한 소리가 울렸다.

차르르륵!

보랏빛 사슬이 허공을 가르며 끝에 달린 칼날이 청년을 노리고 있었다.

쇄도하는 투기검을 본 미래 레번이 빙그레 웃었다.

"오러 사슬? 제국의 수법이군."

찬란한 검광이 순식간에 그의 주위를 감쌌다.

타타탕!

요란한 굉음과 함께 사슬검이 연신 튕겨 나갔다. 투기검을 휘둘러 일종의 오러 방어막을 펼친 것이다.

혀를 차며 바로스가 사슬검을 거뒀다.

"쳇, 역시 이 정도는 안 먹히나?"

거두어지는 보랏빛 사슬 너머로 세 줄기 푸른 섬광이 땅을 박차고 나아갔다.

"타아앗!"

세라티가 정면에서 투기검을 내려치고, 좌측에선 레번이 허점을 노려 찌르기를 구사하며, 우측에선 라피셀이 교묘한 연격을 넣는다.

여전히 통하지 않았다.

"흥!"

미래 레번의 보랏빛 투기검이 살짝 흔들리더니 이내 찬란한 빛의 궤적을 사방에 수놓았다.

세라티와 레번이 이를 갈며 공세를 거뒀다.

"윽!"

"제길!"

오러의 경지도 경지지만, 검술 수준 자체가 너무 차이가 크다.

우아한 검술로 세 방향의 공세를 모조리 걷어 내며 오히려 반격까지 퍼붓는데, 너무나 적절하게 동작 사이의 빈틈을 파고들어 와 어쩌지 못하고 물러나야 했다.

하지만 다들 크게 당황하진 않았다.

[진짜 바로스 경 같네.]

[딱 바로스 경 상대하는 느낌이네요.]

침착한 세라티와 레번을 번갈아 보며 미래 레번이 희미한 감탄을 흘렸다.

"허어, 정녕 대단하구나."

카르나크 일행이 실력을 선보인 건 이번이 처음이 아니다. 이미 공성전 와중에 다들 오러를 드러낸 바 있다.

그래서 저들의 현재 경지가 어느 정도인지는 미래 레번도 보고를 받아 이미 알고 있었다.

"그럼에도 직접 보니 눈을 의심하지 않을 수 없군."

바로스의 투기검에 깃든 자색의 빛을 보며 새삼 혀를 내두른다.

"그 나이에 자색급이라니, 에밀에 맞먹는 천재가 또 있을 줄은 몰랐다."

게다가 다른 이들도 놀랍긴 마찬가지였다.

이 당시의 레번은 아버지 갤러드 밑에서 수련에 매진할 때도 간신히 적색급의 경지를 유지하고 있었다.

그런데 이 시대의 자신은 푸른 오러를 다루고 있지 않은가?

너무 궁금해 묻지 않을 수 없었다.

"대체 무슨 수로 그 경지에 오른 거지?"

레번이 무심한 표정으로 대꾸했다.

"노력과 행운."

노력보다 행운의 비율이 좀 많이 높긴 하지만, 굳이 거기까지 떠들 필요는 없겠지.

미래 레번의 시선이 잿빛 머리 소녀에게로 옮겨졌다.

"게다가 저 아이는 도대체……."

바로스나 현세 레번의 수준도 놀랍지만, 특히 이해가 안 가는 건 저 작은 아이의 경지였다.

저 나이에 벌써 청색급이라고?

"믿을 수가 없군. 시프라스의 무왕이라도 저 나이에 저 정도는 아닐 텐데."

자신을 평하는 미래 레번의 태도에 라피셀이 안색을 굳혔다.

"시프라스의 무왕이 누군진 모르겠지만……."

이글거리는 푸른 불길을 검날에 두르며 단호한 눈빛을 발한다.

"그는 그고, 저는 저예요!"

레번과 세라티가 묘한 표정을 지었다.

[아니, 너 맞는데.]

[너야, 너.]

하여튼 미래 레번은 진심으로 놀라고 있었다.

다들 상상 이상으로 강한 것이다.

아직 카르나크는 본실력을 발휘하지 않았지만, 그 역시 알려진 것 이상의 힘을 지니고 있다고 가정하는 쪽이 옳겠지.

참고로 세라티나 알리우스에 대해선 딱히 신경 쓰지 않았다.

저 나이에 청색급이면 분명 천재인 건 맞지만, 그래도 상식선 안쪽의 천재거든. 알리우스의 경우에도 딱 특급 심문관 수준의 신성력이었고.

"확실히, 함정임을 알면서도 무모하게 쳐들어오기에 충분한 수준이구나."

그래도 딱히 문제는 없다.

그가 놀란 것은 어디까지나 이해가 가지 않는 눈앞의 현상 때문이지, 자신이 위기에 빠져서가 아니다.

"어차피 네놈들은 이곳에 왔고, 그걸로 목표는 달성되었다."

미래 레번이 장검을 왼손으로 옮겼다. 그리고 오른손을 들었다.

자욱한 어둠이 피어올라 오른손을 휘감았다. 사령력이었
다.

알리우스가 흠칫 놀라 눈을 부라렸다.

"진정 타락했구나, 에밀 경! 기사 된 몸으로 어둠의 힘을
쓰다니!"

"올바른 신을 섬기는 것이 어찌 타락이란 말인가?"

비웃음으로 답하며 그가 손을 대지로 향했다.

"깨어나라, 사계의 기둥이여."

╳

스트라우스 성채가 통째로 흔들린다. 굉음과 함께 땅이 갈
라지며 거대한 어둠의 기둥이 연신 솟구친다.

쿵! 쿠쿵! 쿵!

본성을 중심으로 사방에 우뚝 솟은, 피육으로 뒤엉킨 괴물
의 형상을 한 4개의 기둥.

그 광경 자체는 안쪽 마당에 위치한 카르나크 일행의 눈에
까진 보이지 않았다.

하지만 보이지 않아도 충분히 존재를 느낄 수 있었다.

무자비한 압박이 이들을 끔찍하게 짓누르고 있었으니까.

"큭!"

"으윽……."

마당에 서 있던 카르나크 일행 전원이 비틀거렸다.

전신의 기력이 쭉 빠지는 느낌이었다.

카르나크가 나직이 중얼거렸다.

"이건……."

오러, 신성력, 마나.

인간의 한계를 초월하게 만드는 세계의 기운이 어둠에 의해 위축되어 간다.

"……혼천결계, 들러붙는 광기의 숲이군."

감탄한 듯 에밀 속 레번이 뇌까렸다.

"용케도 알아보는구나. 교단의 사령술사 중에서도 아는 이가 극히 드물 텐데."

사실 현시대에선 아무도 알아보지 못해야 정상이다. 위대한 죽음의 신, 테스라낙이 직접 창안한 술법이니까.

하지만 미래 레번도 전문 사령술사까지는 아니다 보니 거기까진 생각이 채 미치지 않는 모양이었다.

카르나크의 표정이 차갑게 굳었다.

이 술법은 말로카를 잡을 때 여신교단이 썼던 광역 봉인 결계를 사령술로 바꾼 것이었다.

그만의 오리지널 술법인데 저놈 손에서 펼쳐지다니?

'이런 걸 보면 정말 테스라낙이 다른 세상의 내가 맞나 싶기도 하군.'

계속해 어둠이 전신을 짓눌러 왔다.

다들 애써 기운을 끌어 올렸다.

오러와 마나, 신성력을 발동해 어둠에 대항한다.

하지만 쉽지 않았다.

걸음조차 옮기기 힘들 정도로 전신의 기력이 공허하게 사라지고 있었다.

이래서야 도저히 어둠의 기둥을 파괴할 힘이 나올 턱이 없었다.

이곳에서 본연의 힘을 유지할 수 있는 이는 술사 자신뿐.

그렇기에 이 결계는 오직 외부에서만 파괴할 수 있는 것이다.

승리자의 얼굴로 미래 레번이 느긋하게 입을 열었다.

"그대도 대충 짐작은 하고 있었던 것 같구나."

잠입과 동시에 외곽에서 토벌군이 일제 공격을 가한 걸 보면, 아마도 저들이 결계 기둥을 부수는 역할을 맡았을 것이다.

정체도 모르는 결계의 약점을 어떻게 알았는지가 좀 신기하긴 하지만…….

"하긴, 이건 대부분의 사령결계가 공통적으로 지닌 약점이긴 하지."

알리우스가 지팡이를 들어 겨누며 힘겹게 물었다.

"그래서 당신 혼자 이곳에 있었던 건가?"

"다른 이들은 여기 있어 봐야 짐만 될 테니까."

이 결계 안에선 술법 시전자인 에밀 스트라우스를 제외한 모두가 기운을 제압당한다.

부하인 카이론 경이나 스트라우스 가문의 기사들, 심지어 검은 신의 교단 사령술사들조차도.

그러니 그냥 전원 성벽 쪽으로 보내 버리는 게 합리적인 것이다.

저 어둠의 기둥만 무사하면, 결계 속의 술사는 무적이니까.

그리고 에밀을 제외한 모든 전력은 성벽에 집중되어 있다.

토벌군은 무슨 수를 써도 결코 저 방어선을 뚫을 수 없으리라.

"자네들의 행적을 보아하니 은근히 도망을 잘 치더군. 그래서 나도 무리를 좀 했지."

에밀 속 레번이 오만한 얼굴로 뇌까렸다.

"순순히 항복하는 게 어떤가? 이쯤 되면 그대들도 승산이 없다는 걸 알아차렸을 텐데."

"결코 방어선을 뚫을 수 없다라······."

힘겨운 와중에도 카르나크가 웃음을 지었다.

"왜 못 뚫는다고 생각하지? 그쪽이 이미 해답을 알려 줘 놓고서."

"응?"

미래 레번은 잠시 당황했다.

순간 무슨 소리인지 이해가 가지 않았다.

'해답? 무슨 해답?'

※

밤은 언데드의 힘이 온전히 발휘되는 시간이다. 그래서 그동안 토벌군은 항상 해가 떠 있을 때만 공성전을 걸어왔다.

'그런데 이제 와서 야밤에 습격이라니, 바보짓이다.'

대낮에도 무너지지 않은 스트라우스 성채다.

'그걸 언데드들이 더욱 강해지는 심야에 무너트릴 수 있을 리가 없지 않나?'

비웃으며 카이론은 성벽 위에서 계속 투기검을 날려 댔다.

그렇게 올라오는 병사들을 연신 떨어트리는 중이었다. 저 멀리, 거대한 구조물이 서서히 다가오고 있었다.

카이론이 시큰둥하게 중얼거렸다.

"투석기인가?"

딱히 이상할 건 없다.

투석기는 원래 성벽을 부수는 것이 목적인 무기이고, 저들은 지금 성벽을 공격하는 중이니까.

잠시 후 투석기가 작동되었다.

희끄무레한 바윗덩이가 스트라우스 성채를 향해 긴 포물선을 그리며 날아들었다.

그런데, 아무래도 계산을 좀 잘못한 모양이다.

투석기가 발사한 바위는 성벽 쪽으로 날아오지 않았다. 그 위로 한참이나 벗어나 본성 쪽으로 떨어졌다.

쿠웅!

빗나가도 단단히 빗나간 것이다.

여전히, 딱히 이상할 건 없었다.

무릇 인간은 실수를 할 수밖에 없는 생물이다. 그 실수를 지금 했다 해서 이상할 것이 뭐가 있겠나?

하지만 두 번째 투석기가 작동했을 때는 표정이 굳을 수밖에 없었다.

날아오는 바위를 유심히 살펴본 덕이었다.

"……엇?"

은검기의 경지에 오른 오러 유저답게, 카이론은 이 짙은 어둠 속에서도 사물을 식별할 수 있었다.

'저거, 바위가 아니잖아?'

너덜너덜한 로브를 두른 뼈 무더기가 허공을 가르며 본성 쪽으로 날아드는 중이었다.

검은 밤하늘 위로 한 줄기 유성이 날아든다.

휘이이잉…….

이내 유성이 성채 안쪽에 요란하게 처박혔다.

콰아앙!

한 무리의 병사들이 경계하며 다가왔다.

"다들 조심하게!"

"그런데 이건 뭐지, 대체?"

스트라우스 가문의 병사들이었다.

성벽 사수라는 중대한 임무는 훨씬 믿음직하고 강인한 전력인 언데드 병사들이 맡고 있기에, 살아 있는 이들은 성내의 경계를 맡고 있었다.

떨어진 쪽으로 서서히 다가간다. 한 무더기의 뼈가 보인다.

달그락, 달그락…….

검은 기운이 흘러나오며 뼈가 저절로 움직여 서로 붙기 시작했다.

만약 이곳이 토벌군 본진이었다면 여신교단의 성직자들이 곧바로 성수 들고 달려왔을 것이다.

하지만 언데드 전력을 사용하는 주제에, 정작 스트라우스 성채 측은 언데드에 대한 대비를 전혀 해 두지 않았다.

설마 여신교단이 사령술을 쓸 거라곤 상상할 수 없었으니까.

맞붙은 뼈가 인간의 형상을 갖추며 서서히 몸을 일으킨다. 너덜거리는 로브가 뼈로 된 육신을 휘감아 간다.

그 모습은 실로 오랜 전설 속의 괴물을 떠올리게 했다.

병사들이 무심코 중얼거렸다.

"리치?"

아크 리치, 티라파트가 푸른 영기로 이루어진 두 눈을 떴다. 턱뼈 사이로 사악한 검은 숨결이 흘러나왔다.

"하아아아……."

그렇게 육체를 재구성하며 그는 주위를 둘러보았다.

이미 성채 여기저기에서 동료들의 사기가 느껴지고 있었다.

'내가 제일 마지막인가? 다른 이들은 이미 도착했나 보군.'

눈을 뜬 아크 리치를 향해 병사들이 창을 겨눴다. 그리고 조심스레 물었다.

"……당신은?"

"혹시 우리 편인가?"

순간 티라파트는 실소했다.

"살아 있는 인간들에게 이런 대접을 받아 보는 건 처음인 것 같군."

하지만 이 병사들 입장에선 그럴 만했다.

윗대가리인 에밀 스트라우스가 검은 신을 섬기기로 천명하고 사령술사들을 대거 데려와 온갖 언데드 괴물들을 일으키는 걸 보지 않았던가?

그런데 여기서 언데드가 또 나타난들 곧바로 적이라는 생각이 들까?

물론 티라파트는 이들의 사정을 신경 써 줄 생각이 전혀 없었다.

그가 뼈로 된 손가락을 들어 올렸다. 강대한 마력이 어둠의 불꽃을 피웠다.

"죽어라, 나의 주인의 적들이여."

화르륵!

무자비한 화염 폭풍이 회오리치며 병사들을 덮쳐 갔다. 순식간에 피부가 탄화되고 지방이 끓어오르며 끔찍한 비명이 터졌다.

"컥!"

"으아아악!"

뒤늦게 병사들이 목청을 높였다.

"저, 적습이다!"

티라파트뿐만이 아니었다.

뎀피스, 말로카, 칼라프 역시 스트라우스 성채 곳곳에서 가공할 사기와 탁기를 풍기고 있었다.

그 지독한 어둠의 기운은 미래 레번에게도 절실히 전해졌다.

"저자들은……."

당황한 그의 귀에 비웃음 섞인 카르나크의 목소리가 들렸다.

"그쪽이 먼저 보여 줬잖아? 투석기로 언데드 날리는 거."

분명 스트라우스 성채엔 온갖 강력한 방어 결계가 설치되어 있다. 어지간한 마법은 날려 봐야 죄다 도중에 막힐 것이다.

문제는 저 방어 결계가 오직 마법이나 오러의 공세에만 대응할 수 있다는 점.

그 이상으로 신경을 쓰려면 필요 이상으로 막대한 마력을 투입해야 한다.

성채 전체에 모든 종류의 공격을 막을 수 있는 범용적인 방어 결계를 두른다고?

지나치게 비효율적이고, 그럴 여력도 없다.

"분명 이 동네 방어 결계가 강력하긴 하지만……."

목을 매만지며 카르나크가 비릿하게 웃었다.

"그래 봤자 물리적으로 날아올 뿐인 뼈 무더기를 무슨 수로 막을 건데?"

＞＊＜

앙상한 손가락이 허공을 휘젓는다. 어둠이 허공에 칠흑의 마법진을 그린다.

"울어라, 하늘의 절망이여!"

무자비한 뇌격이 밤하늘을 갈랐다. 눈부신 전격의 채찍이 주위를 길게 할퀴었다.

콰콰콰쾅!

그 가공할 파괴 앞에 사람과 사물의 구별은 없었다.

전격이 닿는 모든 것이 불타고 박살 났다.

"으아아악!"

"크아아아악!"

주위의 병사들을 싹 쓸어버리며 뇌격을 뿌린 아크 리치, 칼라프는 언성을 높였다.

"황혼의 여신, 세라칼 님의 이름으로!"

일부러 열심히 세라칼의 이름을 입에 담는다.

"그릇된 이교도들에게 여신의 천벌을 내리리라!"

노리는 바는 명확했다.

어째서 토벌군이 언데드인 아크 리치와 한패가 되었을까요?

황혼교라서 그렇습니다.

자기들 멋대로 검은 신의 교단을 공격하는 놈들이고, 각 왕국이나 여신교도 은근슬쩍 저들의 활동을 눈감아 주고 있으니까요!

……뭐, 대충 이런 식으로 상대의 반응을 유도하는 것이다.

과연 스트라우스의 병사들은 치를 떨었다.

"위선자들 같으니!"

"결국 자기들도 똑같은 짓을 하고 있잖아!"

하지만 그 분노는 오래가지 못했다.

화염에 불탄 이는 더 이상 분노를 떠올릴 수 없으니까.

"으아아아악!"

칼라프뿐 아니라 다른 아크 리치들도 스트라우스 성채 곳곳을 누비고 있었다.

뎀피스는 주위에 널린 모든 시체를 다시 일으켜 언데드 병사로 만들었고…….

"일어나라, 죄악의 죽음에 굴복한 이들아. 역천의 도리에 따라 부정한 길을 걸어라!"

말로카는 세련된 술법으로 스트라우스 측 사령술사들의 병력을 오히려 빼앗아 버렸으며…….

"왜냐? 왜 내 명령을 듣지 않는 거냐?"

"저 괴물이 우리 술법을 역으로 장악했어!"

"당연하지. 너희들 정도가 내 지배력을 막을 수 있을 것 같으냐?"

티라파트는 압도적인 마력으로 모두를 짓누른다.

"너희 같은 잡졸들과 상종하기엔 과히 바쁜 몸이노라, 그러니 그저 죽어라."

곳곳에서 폭음이 울리고 또 울렸다.

쾅! 콰쾅! 콰콰콰쾅!

그렇게 4인의 아크 리치는 스트라우스 성채 여기저기를 누비며 나타나고 사라지고를 반복했다.

얼마나 신출귀몰했는지 당하는 병사들 입장에선 마치 귀신에 홀리기라도 한 기분이었다.

아주 틀린 말도 아니긴 했다. 해골이 살아서 움직이고 사람 죽이면 그게 귀신이지, 별게 귀신인가?

성채에 쳐들어온 지 얼마 지나지 않아 아크 리치들이 어둠의 기둥 앞에 섰다.

눈앞에 우뚝 솟은 검붉은 기둥을 향해 뎀피스가 대뜸 마법을 날렸다.

"작렬하라, 플레임 블래스트!"

시뻘건 폭염이 기둥을 강타하며 대폭발을 일구었다.

하지만 기둥은 잠시 흔들릴 뿐, 무너지지 않았다.

분명 충격을 받긴 했지만, 그래도 워낙 강력한 결계라 쉽게 무너지진 않는 것이다.

뎀피스는 놀라지 않았다.

"정말 카르나크 님 말씀대로군."

이미 그의 주인은, 이에 대한 심원한 어둠의 지혜 역시 내려 주었다.

양손을 들어 어둠의 기둥 표면과 접촉했다. 끌어 올린 사령력이 손바닥을 타고 나와 기둥 전체로 뻗어 올라갔다.

웅웅웅웅!

힘으로 부수는 것이 아니다.

그저 정해진 기운의 흐름을 역행해 정확히 방해만 할 뿐이다.

사실, 술법을 역행하는 이런 식의 파해법은 워낙 변수가 많아 상황에 맞게 사령력을 맞춰서 제어하지 않는 이상 실패하기 마련이다.

하지만 템피스는 어렵지 않게 술법을 전개하고 있었다.

애초에 카르나크가 그 모든 변수까지 전부 감안해 제어법을 알려 줬으니까.

그냥 연습한 대로 원숭이처럼 따라 하기만 하면 되는 것이다.

어둠이 울부짖는 것처럼 진동한다.

검은 표면이 거미줄처럼 쩍쩍 갈라지며 탁기가 풀풀 새어 나온다.

콰아아아…….

거대한 기둥이 유리처럼 박살 나 사방으로 흩어지며 무너져 내리는 데는 그리 오랜 시간이 걸리지 않았다.

＊

연신 폭발이 일어난다.

동쪽에서, 서쪽에서, 남쪽과 북쪽에서도 폭음과 함께 검은 기류가 하늘 높이 솟구치더니 이내 허무한 연기처럼 사그라진다.

당황한 얼굴로 미래 레번은 그 광경을 지켜보고 있었다.

'이렇게 빨리?'

저들이 성내로 돌입한 지 얼마 지나지도 않았는데 모든 기둥이 부서져 버렸다. 그가 뭘 해 볼 틈도 없을 정도로 빠른 움직임이었다.

어둠의 기둥이 사라지니 필연적으로 사령결계도 사라진다.

카르나크 일행을 짓누르던 가공할 압박이 거짓말처럼 소멸했다.

허리를 펴며 바로스가 목을 어루만졌다.

"으아, 이제 좀 살 만하네."

다른 이들도 한결 편해진 표정이었다.

카르나크가 천천히 미래 레번 앞으로 걸어 나왔다.

"어째 입장이 바뀐 것 같군."

이제 스트라우스의 전력은 전부 이곳에서 멀리 떨어져 있고, 미래 레번 홀로 카르나크 일행과 싸우는 처지가 되었다.

"이래서 함정은 함부로 파는 게 아니라니까. 상황 꼬이면 반대로 제 목을 겨눠요, 함정이란 게."

미래 레번이 눈을 깜빡였다.

"신기하군."

"음?"

"방금 그건 테스라낙 님이 자주 입에 담던 말씀이었거든."

꽤나 느긋해 보이는 얼굴에, 여유롭기 그지없는 표정이었다.

여전히 미래 레번은 카르나크 일행에게 별 경계심을 보이지 않는 것이다.

"신기한 건 이쪽도 마찬가지다."

비아냥거리는 척하면서 카르나크가 물었다.

"기껏 준비한 함정이 죄다 박살 난 사람치곤 너무 태연하신 것 아닌가?"

그게 무슨 소리냐는 듯 미래 레번이 의아해했다.

"함정이 박살 나?"

그러더니 부서진 기둥 쪽 하늘을 올려다보며 피식 웃는다.

"아, 저거 말인가?"

"왜? 이제 와서 진짜 함정은 따로 있었다고 말하고 싶은 건가?"

"꼭 그런 건 아니고……."

미래 레번이 입가에 고소를 머금었다.

사령결계 역시 함정의 일종인 건 맞지만, 용도가 다르다.

"저건 그대들의 도주를 막기 위해 설치한 것이었다. 그래서 나도 꽤 난감해하고 있지."

진정 아쉽다는 듯 혀를 차 댄다.

"이젠 자칫 방심하면 놓칠 수도 있으니까. 귀찮게 되었어."

카르나크 일행은 안색을 굳혔다.

허세인 건지 아니면 정말 진짜 뭔가가 또 있는 것인지, 쉽게 구분이 되지 않는다.

에밀의 얼굴로 미래 레번이 연신 중얼거렸다.

"그래도 할 수 없지. 세상 모든 일이 계획대로만 돌아가지는 않으니 이 정도로 만족할 수밖에."

그러더니 갑자기 제자리에서 픽 쓰러졌다.

"엑?"

"으잉?"

다들 당황하며 눈앞의 청년을 내려다보았다.

조용하다. 미동도 없다. 정말로 쓰러져 버린 것 같다.

"……뭐예요, 이거?"

라피셀의 의문에 알리우스가 신음을 흘렸다.

"설마……."

성직자인 그는 눈앞의 청년, 에밀 스트라우스의 몸속에서 무슨 일이 일어난 건지 대략적으로나마 느끼고 있었다.

"영혼이 육체에서 떠난 것 같습니다만……."

세라티와 레번이 알리우스를 돌아보았다.

"네?"

"그럼 사라진 영혼은 어디 갔습니까?"

"그것까진 저도 잘······."

세상에 그걸 확인할 수 있는 이는 오직 사령술사뿐이다.

둘의 질문 대상이 옮겨졌다.

[카르나크 님?]

카르나크는 말미를 흐렸다.

[어, 그게······.]

원래 어떤 영혼이든 그의 눈앞에서 도망치면 좋은 꼴 보기 힘들다.

실제로 카르나크는 영혼이 육체를 버리자마자 거의 조건 반사적으로 소울 바인딩부터 준비하고 있었다.

하지만 이번엔 미래 레번의 영혼을 확보할 수 없었다.

미처 손쓰기도 전에 미리 정해 놓은 것처럼 어디론가 빨려 들어간 탓이었다.

카르나크는 미래 레번의 영혼이 향한 곳, 스트라우스 본성 지하 어딘가를 노려보았다.

대체 저기에 뭐가 있기에 그의 사령술조차 손이 닿지 않는단 말인가?

해답은 곧 나왔다.

전신에 두꺼운 갑옷을 걸치고 웅장한 양수검을 한손으로 든 노기사의 모습으로.

그는 마당과 통하는 1층 통로를 통해 천천히 걸어오고 있었다.

상대를 본 이들이 놀라 눈을 크게 떴다.

"어?"

카르나크 일행 중 몇몇은 저 노기사의 정체를 이미 알고 있었다.

"……무왕 갤러드?"

"아버지?"

델피아드의 무왕, 갤러드 스트라우스가 입을 연다.

"내가 왜 그리 태연하냐고 물었던가? 이게 그 이유라네."

틀림없이 갤러드의 얼굴, 갤러드의 목소리였다.

하지만 말투만큼은 익숙하기 그지없다.

방금 전까지 에밀의 혀를 빌려 그들과 대화하던 영혼이었으니까.

스스로의 육체를 가리키며, 그 속에 깃들인 미래의 무왕이 빙그레 웃었다.

"내가 준비한 함정은 이쪽이거든."

델피아드의 무왕

눈앞의 노기사를 바라보며 알리우스는 손을 떨었다.

"이게 무슨……."

머리로는 상황을 이해할 수 있었다.

"에밀 스트라우스의 영혼이 무왕의 몸에 빙의했다고?"

하지만 그 '이해한 상황'을 이해할 수가 없었다.

감히 상상도 해 보지 못한 죄악 중의 죄악이 아닌가?

"자식이 아비의 몸을 훔치다니! 이 무슨 끔찍한 패륜이란 말이오?"

치를 떠는 그의 반응에 바로스와 세라티가 미묘한 표정을 지었다.

'알리우스 씨는 저쪽 레번 경을 모르지, 참?'

'그럼에도 일단 하는 말은 맞네.'

갤러드에게 깃들인 미래 레번이 피식 웃었다.

"저 성직자 친구는 정말 아무 사정도 모르고 있었나 보군."

그때였다.

갤러드의 육신을 유심히 바라보던 카르나크가 차분한 목소리로 물었다.

"······갤러드는 이미 죽은 후였나?"

"네?"

다른 일행이 놀라 카르나크를 돌아보았다.

'죽었다니, 무슨?'

'지금 눈앞에 저렇게 버젓이 살아 있는데?'

미래 레번은 부인하지 않았다.

"호오, 알아보았나?"

"당연하지. 그 몸, 데스 나이트잖아? 신기할 정도로 생기가 돌긴 하지만 말이지."

물론 세라티와 현세 레번, 알리우스는 데스 나이트를 실제로 본 적이 없다.

그래도 지금 갤러드의 모습은 전설로 내려오는 이야기와는 너무 다르다.

'데스 나이트?'

'저게?'

실제로 바로스마저 당황한 얼굴이었다.

"데스 나이트라고요?"

당장 본인이 데스 나이트 로드로 수십 년 살아오면서, 수십 명의 데스 나이트를 거느려 본 몸이었다.

데스 나이트가 어떻게 생겼는지 그보다 더 잘 아는 이도 드물다.

"저렇게 탱탱한 데스 나이트가 어디 있어요?"

눈앞의 갤러드는 멀쩡히 숨을 쉬고 있었다. 피부에 혈기도 돌고 시체 특유의 느낌도 전혀 들지 않았다.

하지만 유심히 살펴본 바로스는 이내 중요한 사실을 파악해 냈다.

'어, 그러네? 죽은 몸 맞구나.'

갤러드의 심장이 뛰질 않는다. 은밀하게 감추어진 어둠의 마력이 대신 피를 돌리고 있는 것이다.

"정말 안목이 뛰어나군."

감탄과 동시에 갤러드의 눈동자에서 푸른 영기가 흘러나왔다.

"들통난 이상 굳이 위장을 하느라 힘을 빼고 있을 필요도 없겠지."

온기가 사라지고 피부가 창백해지며 청색의 빛을 띤다. 호흡 역시 어느 순간 끊긴다. 산 자처럼 깜빡이던 두 눈도 더 이상 움직이지 않는다.

양수검을 늘어뜨리며 갤러드 속 레번이 자랑스러운 듯 뇌까렸다.

"보아라, 이것이 생과 사가 조화를 이룬 진정한 모습이니……."

카르나크 일행의 안색이 딱딱하게 굳었다.

전승으로 전해져 오는, 완벽한 데스 나이트의 모습이었다.

レ번은 데스 나이트가 된 갤러드를 망연자실한 얼굴로 바라보고 있었다.

'아버지께서…… 돌아가셨다고?'

이제껏 그는 의외로 차분하게 상황을 감당하고 있었다.

형 에밀의 육체에 미래의 자신의 영혼이 빙의했어도, 가문이 통째로 반역을 일으키고 갤러드가 유폐되었다는 소식을 듣고도 크게 동요하지는 않았다.

레번이 유독 소심한 성격이어서만은 아니었다.

원래부터 그와 스트라우스 가문은 애증의 관계다.

나고 자란 고향이자 뿌리이니 당연히 소중하지만, 그 소중한 가문에서 반쯤 축출당한 이단아가 바로 그인 것이다.

아버지에게도 형 에밀에게도 사실 썩 좋은 감정이 있었던 것은 아니다.

하지만, 눈앞에서 죽은 채 움직이는 아버지를 보고 있자니…….

[아버지는 살아 있을 거라 하셨잖습니까!]

격렬한 레번의 반응에 카르나크가 씁쓸해하며 대꾸했다.

[……내가 착각을 했다.]

도망친 스트라우스 기사들의 반응도 그렇고, 성채에서 농성 중인 다른 이들을 봐도 갤러드는 살아 있어야 했다.

그래야 저들이 저런 식으로 움직이는 게 설명이 된다. 그래서 무심코 갤러드는 무사할 거라 단언했다.

하지만 한 가지를 간과한 것이다.

사령술사가 아닌 일반인은 죽은 자와 산 자를 그렇게 명확하게 구별하지 못한다는 걸.

설령 시체라 할지라도, 혈색 좋고 사지 멀쩡히 움직이면 어지간해선 산 자와 다른 점을 찾기 힘들다.

심지어 갤러드는 유폐 상태였으니 자주 모습을 보일 필요도 없었을 것 아닌가? 충분히 착각하게 만들 수 있다.

이런 기본적인 것을 미처 떠올리지 못하다니…….

'젠장, 내가 이 시대에 진짜 많이 물들긴 했구나.'

데스 나이트가 된 갤러드를 보니 그간의 의문 하나가 풀렸다.

왜 미래 레번은 현세 레번의 육체를 노리는 걸 그만두었는가?

자신의 원래 육체가 아니라면 결코 무사하지 못할 텐데도.

'애초에 무사할 생각이 없었던 거였군.'

자신의 것이 아닌 육체에 영혼이 깃들이면 그 괴리감으로 인해 결국 육체가 죽어 간다.

하지만 처음부터 육체를 죽여서 언데드로 만든 다음 영혼이 깃들인다면?

당연히 육체는 무사하지 않겠지만, 큰 문제가 생기지도 않는다. 인간의 모든 감각을 잃는다는 사소한 문제만 빼고 말이지.

반면 얻는 것은 막대하다.

무려 무왕의 권능을 담은 육신이다. 그걸, 살아 있는 무왕의 영혼을 억지로 눌러 가며 빙의한다? 그런 짓이 가능할 리가 없다.

하지만 무왕 갤러드의 영혼을 지우고 그 육체를 데스 나이트로 만든 후라면 어렵지 않게 차지할 수 있겠지.

지금의 육신을 시간을 들여 고생해서 갈고닦지 않아도 단시간에 예전의 힘을 되찾을 수 있는 것이다.

어디까지나 미래 레번의 영혼의 격이 무왕 갤러드에 필적할 정도로 높기에 가능한 일이었겠지만.

사령왕인 그였다면 당연히 여기까지 예상해야 했다.

실제로 예전이라면 자연스럽게 할 수 있었던 일이고.

'그간 너무 이 육체에 익숙해졌어.'

어설프게 공감 능력이 생겨 버렸다.

스스로의 생육신이 너무 소중해, 남들도 당연히 소중하게 여길 것이라 지레짐작한 것이다.

카르나크가 식은땀을 흘리는 동안, 갤러드 속 레번은 오만한 시선으로 일행을 굽어보고 있었다.

"보아하니 순순히 항복할 것 같진 않고……."

그의 전신에서 황금빛 오러가 뿜어져 나왔다.

"귀찮지만 힘을 써야겠구나."

사방이 금빛으로 물들었다.

강렬한 압박감이 카르나크 일행을 덮쳐 갔다.

"윽!"

"크윽!"

그저 기운을 외부로 드러낸 것만으로도 압도적인 격차가 절실히 와닿는다.

'이게 무왕의 진짜 힘인가?'

후들거리는 무릎을 애써 버티며 세라티는 카르나크를 돌아보았다.

예전에 그가 스치듯 언급한 적이 있다.

에밀 속 레번이 다시 델피아드의 무왕이 되었다 해도, 자신들 역시 꽤나 강해졌으니 승산은 반반일 것이라고.

[저런 괴물을 상대로 승산이 반반이나 된다고요?]

자신 없는 대꾸가 돌아왔다.

[그건 저쪽 레번이 은검의 경지일 거라 생각하고 한 소리 였어.]

에밀의 육체로 은검기를 구사한다면, 그 속에 깃들인 미래 레번의 경지로 잠깐 동안은 무왕의 힘인 금검기를 발휘할 수 있을 테니까.

저쪽 레번이 회귀한 시간과 현재 에밀의 육체 포텐셜을 생각하면 아무리 급격하게 성장한다 해도 저 정도가 한계인 것이다.

[설마 이런 식으로 힘을 완전히 되찾을 줄은 몰랐지.]

＊

노기사, 데스 나이트가 된 갤러드가 양수검을 늘어뜨린 채 천천히 걸음을 옮긴다.

한 발, 한 발 움직일 때마다 무형의 압력이 파도처럼 출렁 이고 주위 공기를 짓누르며 제압해 간다.

세라티와 라피셀이 식은땀을 흘렸다.

"크으……."

"아무것도 안 했는데 그냥 세네요……."

상대가 전설 속의 괴물이라는 데스 나이트인 것도 물론 문 제지만, 이건 그나마 카르나크 일행에겐 비교적 익숙한 상황 이었다.

당장 아크 리치도 전설 속의 괴물인데?

4대 총독들을 자주 봐 와서 그런지, 데스 나이트란 사실은 그럭저럭 허용 범위였다.

하지만 상대가 무왕 갤러드라는 건 심각한 문제다.

심지어 그 속에 들어 있는 건 미래의 무왕, 레번 스트라우스.

무왕 속의 무왕이라는 이 괴상한 조합이 대체 얼마나 끔찍한 결과를 낳을지 짐작도 가지 않는다.

하지만 그렇다고 손 놓고 항복할 수도 없는 노릇.

알리우스가 지팡이를 높이 쳐들었다.

"하토바여, 당신의 가호를 내려 죽음을 징벌케 하소서!"

성스러운 빛이 내리꽂혀 일행의 칼날에 맺혔다.

데스 나이트가 아무리 강력하다 해도 일단은 언데드다. 그렇다면 여신의 성광이 확실히 효과가 있을 터!

과연 일행을 잠식하던 무형의 압박이 눈에 띄게 사그라지기 시작했다.

갤러드 속 레번이 한쪽 눈을 치켜떴다.

"하토바의 권능인가?"

그리고 피식 웃으며 양수검을 가볍게 들어 올린다.

"하찮구나."

거대한 칼날이 일행을 겨누며 빛을 발했다.

찬란한 빛이 황금의 파도가 되어 사방을 뒤덮어 갔다. 일행을 감싸던 여신의 가호가 금검의 기운에 의해 일제히 날아 갔다.

콰콰콰쾅!

돌풍이 일어나 흙먼지를 사방에 나부낀다.

뒷걸음질을 치며 세라티가 인상을 구겼다.

"크윽!"

저건 어둠의 힘이 아니라 무왕 갤러드가 지닌 본연의 오러 였다. 그렇기에 여신의 가호가 아무 힘도 발휘하지 못하고 날려 가 버린 것이다.

[원래 데스 나이트는 암흑투기 써야 하지 않나요? 어떻게 언데드가 생명기인 오러를 써요?]

카르나크가 굳은 표정으로 대꾸했다.

[사실 처음 보는 현상은 아니야.]

킹스 오더가 된 후 맡은 첫 임무 때, 브렐란트 백작가의 적 색급 오러 유저 듀랄드와 싸운 적이 있다.

그 역시 언데드인 뱀파이어가 되었지만 본연의 오러를 그 대로 유지하고 있지 않았던가?

'하여튼 테스라낙이란 놈이 얽히면 기존 상식이 무너진다 니까.'

일격에 알리우스의 신성술을 날려 버린 미래 레번이 느긋 하게 묻는다.

"진정한 신의 힘을 보았느냐?"

그가 전신에 두른 넘실거리는 황금의 오러를 힐끔거리며
카르나크가 대꾸했다.

"무왕 갤러드의 진정한 힘이라면 본 것 같다만?"

지금 발휘한 능력은 어디까지나 생명기, 오러였다. 테스라
낙의 어둠의 힘이 아니었다.

그렇지만 미래 레번의 말도 아주 틀린 건 아니다.

데스 나이트가 되어서도 무왕의 오러를 쓸 수 있다는 건
틀림없이 기적이었으니까.

유들유들한 카르나크의 태도에 미래 레번이 빙그레 웃었
다.

"아직 여유가 있는 걸 보니……."

흘러내리던 금검기가 일순 검 끝으로 모인다.

"좀 더 두들겨야 무릎이 부드럽게 꺾이겠구나."

황금의 대검이 허공을 찌른다. 대기가 찢어지며 굉음을 발
한다.

쩡!

허공이 일그러지며 일곱 참격이 찢어진 공간에서 튀어나
와 카르나크에게로 향했다.

마치 7개의 팔이 달린 금빛 마수가 덤벼드는 듯한 모습이
었다.

'이런!'

바로스가 곧바로 움직였다.

카르나크의 앞을 가로막고 날아드는 금빛 섬광에 자색의 오러를 때려 박는다!

"타아아앗!"

그뿐만이 아니었다.

세라티와 레번, 라피셀 역시 일제히 몸을 날렸다. 찬란한 청색 투기검이 황금의 파도를 가로막고 힘을 발했다.

그 너머로 알리우스의 강력한 신성 가호가 내려진다.

"하토바시여!"

4명의 오러 유저가 전력으로 방어에만 매진했고 특급 심문관이 전력을 다해 신성술을 펼쳤다.

그 결과는?

일단 방어에는 성공했다. 그리고 전부 가랑잎처럼 날려 가 버렸다.

"으아아악!"

"케엑!"

"뭔 힘이 이리……."

그럼에도 이들의 분투는 헛되지 않았다.

덕분에 길디길던 카르나크의 마법이 완성될 시간을 벌었으니까.

"와라, 엘 라그나 테라스티아!"

카르나크의 목에 걸린 3개의 역시공 초월체.

그곳에서 흘러나온 막대한 혼돈마력이 차원을 뚫고 그 너머의 존재에게까지 영향력을 발휘한다.

불길과 함께 화염 거인이 치솟았다.

돌풍과 함께 바람의 거인이 허공을 맴돌았다.

물의 거인이 세차게 흐르고 대지의 거인이 땅을 굳게 내디뎠다.

모두가 벌어 준 시간을 이용, 전매특허인 정령 거인 일제 소환에 성공한 것이다.

심지어 카르나크의 마법은 이걸로 끝이 아니었다.

정령들이 서로 융합하여 더욱 거대한 거인으로 변해 간다. 불과 대지가, 물과 바람이 서로 뒤엉켜 혼탁한 포효를 터트린다.

고오오오!

엘 라그나 테라스티아와 엘 아쿠아 실페리온, 이 뒤섞인 정령 거인들이 대거 모습을 드러냈다.

수백 명이 사열을 할 수 있을 정도로 넓은 본성 중앙 마당이 비좁게 느껴질 정도였다.

미래 레번은 눈을 깜빡였다.

"허어……."

카르나크에게 저런 마법이 있다는 건 이미 알고 있었다. 스트라우스 성채 공략 당시 멀리서 확인하기도 했다.

하지만 직접 눈앞에서 보니 역시 신기하다.

'정령들을 완벽하게 지배하는 걸로 모자라 강제로 엮어 버리기까지 한다고? 어떻게 저게 가능하지?'

유스틸 왕국에 카르나크란 자가 있어 정령술에 비상한 재능을 보인다는 소문은 들었지만, 저 정도일 줄은 몰랐다.

'그런데 저놈, 사령술도 쓸 수 있지 않았나?'

처음 이 시대로 회귀했을 때, 미래 레번은 카르나크의 사령술 때문에 현세 레번의 육체에서 도로 쫓겨났었다.

'그러니까 저놈은 강력한 마법사인데 정령술에도 능통하고 사령술도 구사한다는 소리지? 더욱 정체를 모르겠군.'

그렇게 잠시 미래 레번이 딴생각을 할 때였다.

완드를 겨누며 카르나크가 명령을 토했다.

"가라, 나의 정령 군세여!"

정령 거인들이 거대한 발걸음으로 대지를 짓누르며 달려간다.

지면이 진동하며 정령들의 마력이 폭풍처럼 휘몰아친다.

웅웅웅웅!

그뿐만이 아니다.

바로스를 비롯한 다른 오러 유저들도 빠르게 미래 레번의 등 뒤로 돌아가고 있었다.

정령 군세와 합공할 셈이었다.

차르르륵!

보랏빛 사슬검이 길게 펼쳐진다. 청색의 투기검이 화려한 검광의 춤을 춘다. 오러로 몸을 감싼 빛나는 이들이 공간을 좁히며 단숨에 상대에게 파고든다.

알리우스 역시 지팡이를 땅에 짚고 정신을 집중했다.

"하토바의 성광이 시련을 꿰뚫는도다!"

웅장한 신성의 빛이 화살 비처럼 미래 레번의 머리 위로 쏟아지기 시작했다.

사방에서 몰려오는 장대한 공세에 미래 레번이 양수검을 고쳐 쥐었다.

"일단 저것들부터 처리해야겠군."

그리고 가볍게 팔을 휘둘렀다.

실로 간단한 동작이지만 그 속에 깃든 것은 스트라우스 가문에 대대로 내려온, 갤러드의 육신과 레번 스트라우스의 영혼 모두에 깊숙이 박혀 있는 델피아드 검투술.

황금의 오러가 발동하며 무왕의 진정한 힘이 모습을 드러냈다.

우선 웅장한 가로 베기.

—암운 가르기!

황금의 파문이 달려드는 정령 군세를 덮쳤다.

압도적인 빛의 칼날 앞에 그 강대한 정령들이 마치 잡초처럼 우수수 베여 갔다.

콰콰콰쾅!

굉음과 포효와 비명이 어지럽게 뒤얽혀 지독한 소음을 일궜다.

크아아아아!

곧이어 하늘이 무너지는 듯한 내려치기가 이어진다.

—광야의 폭풍!

덤벼들던 세라티와 레번의 안색이 창백해졌다.

'헉!'

'이건?'

투신의 망치를 연상케 하는 거대한 빛의 장막이 머리 위부터 쏟아지고 있었다.

여기서 더 뛰어들었다간 아무것도 못 하고 벌레처럼 짓눌릴 게 뻔했다.

"크윽!"

"일단 막아야……."

재빨리 물러서며 방어를 위해 투기검을 휘둘렀다.

그럼에도 거대한 기류가 모두를 휘감아 올린다.

일행 전원이 폭풍 만난 조각배처럼 휘말려 나가떨어졌다.

"우아아악!"

마지막으로 기다리고 있는 것은 세상을 꿰뚫는 듯한 찌르기였다.

-용의 광휘!

금빛 섬광이 풍경을 갈랐다.

보이는 모든 것이 일그러지며 금빛의 소용돌이가 시야를 희롱한 채 시야 가득 날아든다.

사색이 되어 카르나크가 양손을 내밀었다.

"포스 아케인 필드!"

그가 현재 구사할 수 있는 최강의 8서클 방어 마법이었다.

황금의 소용돌이가 권능의 장막에 충돌해 파괴력으로 변했다. 본성이 통째로 흔들릴 정도로 가공할 위력이었다.

콰콰콰콰콰쾅!

폭음은 한참 후에야 겨우 멈췄다.

"허, 헉, 허억……."

숨을 몰아쉬며 카르나크는 제자리에서 휘청거렸다.

자칫했으면 진짜 골로 갈 뻔했다.

'그래, 무왕급은 원래 이랬지…….'

너무 오래전 일이라 미처 실감을 못 했는데, 눈앞에 닥치니 당시의 기억이 새록새록 떠오른다.

사령왕으로 불리던 당시에도 정말 죽어라 고생하며 간신히 해치운 것이 4대 무왕이었다.

하물며 지금은 당시보다 약해지기까지 했으니…….

"후후후."

검을 거두며 미래 레번이 차갑게 웃었다.

"현명한 자라면 현실에서 눈 돌리지 않는 법이지."

이토록 강대한 힘을 선보이고도 그는 호흡 하나 흐트러지지 않은 상태였다. 아직도 전력을 다하지 않았던 것이다.

"어떤가? 이제 좀 무릎을 꿇을 생각이 들지 않나?"

갤러드의 모습으로 미래 레번은 좌중을 오시하며 서 있었다.

굳이 일행을 뒤쫓아 마무리를 지으려 하지 않는다.

과연 무왕다운 오만함이었다. 일부러 이쪽의 의지가 꺾이길 기다리는 것이다.

바로스는 코웃음을 쳤다.

'이 정도로 굴복하기엔 그동안 고생을 너무 많이 했거든, 내가?'

보랏빛 오러를 전신에 두른 채 몸을 날린다.

미래 레번도 곧바로 반격에 나선다.

금검기와 자색 투기검이 연신 공방을 주고받았다.

물론 제대로 된 전투라 볼 순 없다. 황금의 오러가 스치기만 해도 바로스의 투기는 유리처럼 깨져 나가는 것이다.

하지만 그 와중에도 결코 무너지진 않는다.

곧바로 자세를 가다듬고 불리함에서 벗어나 새롭게 검을 휘두른다!

"타아아앗!"

참격을 받아치며 미래 레번은 솔직하게 감탄했다.

'이자는 정녕 달인이군.'

물론 누가 봐도 달인이긴 하다. 고작해야 20대 초반에 불과한데 벌써 자색급의 경지일 정도니까.

하지만 그걸 감안해도 지나치게 노련했다.

'저 나이에 어떻게 저럴 수 있지?'

놀라운 건 그뿐만이 아니었다.

"하압!"

바로스가 기합을 터트리며 검을 격하게 떨었다.

부우우웅!

자색으로 빛나던 칼날이 갑자기 눈부신 은색을 발했다.

달빛처럼 부드러우면서도 칼날처럼 날카로운 광휘가 본성 마당을 가득 메운다.

"……은검기?"

순간 미래 레번의 동공이 흔들렸다.

'어떻게?'

이해가 가지 않았다.

이 수법은 무왕급의 강자들이 오러 아낄 때 구사하는 사소한 편법일 뿐이었다.

연습한다고 되는 게 아니다.

재능이 하늘에 닿아도 결코 터득할 수 없다.

애초에 궁극의 경지, 황금의 오러에 도달해 본 자만이 가능한 방식인 것이다.

'이건 따로 확인할 필요가 있군.'

살려 둬야 한다. 죽이기엔 너무 아까운 소재다.

미래 레번의 공세가 살짝 둔해졌다. 덕분에 바로스도 팽팽한 전투를 이어 갈 수 있었다.

현세 레번은 그 틈을 놓치지 않았다.

절묘하게 상대의 옆으로 파고든 뒤, 푸른 오러를 번뜩이며 날카로운 검격을 찔러 간다!

"이 개자식!"

뒤이어 스트라우스의 직계에게만 전해지는 델피아드 검투술의 정수가 화려하게 펼쳐졌다.

당연히 전혀 통하지 않았다.

양쪽 모두 레번 스트라우스인데 한쪽은 어설프고 다른 쪽은 궁극의 경지에 다다른 몸이다. 어찌 상대가 될까?

그럼에도 현세 레번은 용케 버티고 있었다.

미래 레번의 심경에 살짝 변화가 생긴 덕이었다.

'저 육체가 딱히 아쉬울 것은 없다만…….'

이미 갤러드의 육신을 차지한 그였다. 이제 와서 원래 몸에 깃들여 봐야 딱히 더 강해질 것도 없었다.

오히려 시간 낭비만 심해질 뿐이다.

현세 레번의 육체를 차지한 뒤 재차 무왕의 경지까지 올라가려면 실로 상당한 시간이 걸릴 테니까.

게다가 데스 나이트 갤러드의 육체는 아무나 다룰 수 없다.

설령 갤러드의 영혼을 지웠다 해도 여전히 무왕의 오러가 그 육신에 깃들어 있으니, 오직 동격의 영혼만이 그의 육신을 지배하고 다룰 수 있는 것이다.

쉽게 말해 무왕급의 영혼이 아니면 어차피 갤러드의 육체를 사용하는 건 불가능.

그래서 말로카에게 필요 없다고 말해 둔 것이었는데, 막상 또 육신이 눈앞에서 얼쩡대니 생각이 바뀌었다.

'만일의 사태에 대비해 스페어로 쓸 수 있을지도?'

무왕급의 영혼이 아니면 사용할 수 없다는 소리는, 무왕급의 영혼이라면 미래 레번이 아니더라도 사용할 수 있다는 소리도 된다.

혹여 일이 잘못되어 드렐타인이나 아직 회귀하지 않은 말리칸 툰에게 사고라도 생긴다면? 그래서 육신을 잃고 떠도는 망령이 되기라도 한다면?

그때 이 갤러드의 육신은 굉장히 소중한 그릇이 될 수 있는 것이다.

예전엔 저런 상황 자체를 상정한 적이 없었다. 그 누가 감히 무왕의 영혼을 어찌할 수 있겠는가?

그런데 카르나크는 했다.

덕분에 미래와 현세의 두 레번이 서로 칼을 겨누는 괴상한 상황이 만들어졌다.

이런 일이 또 벌어지지 말란 법은 없지 않은가?

그런 의미에선 원래 육체도 죽이긴 좀 아깝다.

일단 현세 레번을 확보해 놓으면, 갤러드의 육체는 저들에게 넘겨주고 미래 레번 자신은 원래 육체로 돌아간다는 선택지가 생기게 되니까.

'저 몸도 살려서 확보해야겠군.'

＊

미래 레번이 살려 놓고 싶은 이는 비단 바로스와 현세 레번뿐만이 아니었다.

잿빛 머리 소녀가 몸을 날린다.

찬란한 푸른 오러가 요란한 난격을 펼친다.

"이야아압!"

낭랑한 외침과 함께 화려한 검격이 허공을 난무했다.

세라티에게서 전수받은 유스틸 왕국 중부의 타스칼 검술

이었다.

그 모습에 미래 레번은 감탄을 흘렸다.

"허어!"

타스칼 검술에 감탄한 건 아니었다.

솔직히 그건 델피아드의 무왕 눈에 찰 리 없는 하찮은 검술이었다.

하지만 그걸 펼치는 소녀의 기량은 전혀 다르다.

"정녕 놀랍구나."

움직임도 뛰어나고 오러 운용도 흠잡을 데가 없다. 모든 점에서 완벽하다.

어떻게 저 삼류 검술이 저렇게나 변할 수 있는지 신기할 정도다.

뭐, 실은 이미 라피셀 손에서 반쯤 개조된 후라 더 이상 삼류라 할 수 없긴 했다. 바로스도 도중에 많이 뜯어고쳤고.

하지만 이런 속사정을 모르는 미래 레번의 눈엔 그저 경악스러울 뿐이었다.

"대체 얼마나 훌륭한 스승을 만났기에 저 나이에 저런 경지란 말인가?"

저건 재능만으로 설명할 수 있는 실력이 아니다.

아무리 하늘이 내린 재능이라도 경험을 전부 메울 수는 없다. 그 역시 무왕이라 잘 알고 있다.

당연히 살려 두고 저 비밀을 파헤치고 싶은 욕망이 들 수밖에 없는 것이다.

그렇게 라피셀을 적당히 상대할 때였다.

미래 레번이 힐끔 옆을 보았다.

'흠?'

맞은편에서 붉은 머리의 미녀 검사가 맹렬한 돌진을 감행하고 있었다.

"타아앗!"

코웃음을 치며, 미래 레번은 쇄도하는 푸른 투기검을 가볍게 쳐 냈다.

"흥!"

똑같은 타라칼 검술인데, 저 잿빛 머리 소녀에 비하면 참으로 부실하다.

여러모로 독특한 다른 일행에 비해 저 붉은 머리 여인만은 딱히 특출난 부분이 없어 보였다. 그냥 얼굴 예쁘고 몸매 좋다는 게 전부였다.

물론 미녀는 여러모로 가치가 있는 존재이지만, 미래 레번에겐 별 감흥이 없는 것이다.

이미 죽어 버린 몸에 무슨 욕망이 있겠는가?

'이건 그냥 죽여야겠군.'

금검기가 너울거리며 살기 가득한 참격이 세라티의 사방으로 펑펑 날아들었다.

"켁! 크억! 헉!"

미친 듯이 막고 피하며 그녀는 이를 바드득 갈았다.

이유 모를 서러움이 밀려들었다.

'뭔데! 왜 나한테만 이러는 건데?'

찬란한 금빛 섬광이 바로스의 머리 위로 쇄도했다.

"헙!"

기합을 토해 내며 바로스는 은검을 올려쳤다.

금검과 은검이 충돌해 파문이 일었다.

쿠우우웅!

전신이 짓눌리는 듯한 압박에 바로스가 인상을 구겼다.

'크윽!'

가공할 일격이었지만 어떻게든 버틸 수 있었다.

상대의 참격에 실린 위력이 딱 그가 버틸 만큼의 수준이었던 덕이다.

물론 그 대가로 방대한 오러를 소모해 기력이 탕진되긴 했지만.

다른 이들도 상황은 비슷했다.

라피셀이 황금의 파문에 휘말려 뒤로 나가떨어진다.

"크윽!"

하지만 딱히 부상을 입거나 하진 않았다. 오뚝이처럼 일어서며 다시 상대에게로 달려든다.

"이야야압!"

그 뒤를 레번이 파고든다. 청색의 투기검으로 연거푸 참격을 날린다.

ー델피아드 검투술, 풍왕의 난격!

전혀 통하지 않았다.

데스 나이트 갤러드의 전신을 휘감은 저 금빛 오러는 그 자체로 무너지지 않는 성벽이었다.

모든 참격이 맥없이 튕기고, 동시에 휘몰아치는 오러의 회오리가 레번을 휘감아 날려 버렸다.

"크어억!"

또다시 나가떨어진 레번을 보며 바로스는 미간을 찌푸렸다.

'저 자식, 무슨 속셈이지?'

이상할 정도로 미래 레번은 위험한 공격을 펼치지 않았다.

아까부터 일행이 감당할 만한 수준의, 감당할 만한 위력의 공격만을 하고 있었다.

이대로라면 결과는 뻔하다.

전원 탈진해서 쓰러지겠지.

'우릴 몽땅 사로잡을 셈인가?'

그렇다고 보기엔 또 이상하다.

유독 세라티에게만은 가혹한 공세가 이어지고 있는 것이

다.

금빛의 온갖 살검이 그녀를 향해 비처럼 쏟아진다. 스치기
만 해도 오러가 흩어지고 육신이 박살 날 위력이다.

"으, 으아아아!"

그 가공할 투기의 폭격 앞에서 그녀가 할 수 있는 것은 많
지 않았다.

그저 피하고 또 피한다. 가끔은 네발로 기어가고 땅바닥을
데굴데굴 구르는 추한 짓도 마다하지 않았다.

콰콰콰쾅!

그녀가 피하는 자리마다 폭발이 일고 또 일었다.

점점 사신이 다가오는 게 느껴진다.

당장이라도 죽을 것 같다.

"헉, 허억, 헉!"

가쁜 숨을 몰아쉬며 세라티는 최선을 다해 투기검을 휘두
르고 또 휘둘렀다.

'누가……'

저 불합리한 금빛 폭력 앞에 그녀가 할 수 있는 것은 오직
그것뿐이었다.

'그냥 죽어 줄 것 같아?'

물론, 아무리 세라티가 악을 쓰고 최선을 다해 봐야 미래
레번이 알아주는 것은 아니다.

"의외로 도망치는 재주는 좀 있구나."

비웃으며 그는 계속 느긋하게 손목을 놀렸다.

금빛의 검날이 우아한 칼춤을 춘다. 번뜩이는 전광이 연신 그녀의 주위로 내리쳐진다.

조금만 더 하면 그녀의 목이 떨어질 것이다.

조금만 더 하면······.

조금만 더······.

'음?'

미래 레번의 눈동자에 흥미의 빛이 떠올랐다.

슬슬 죽어야 할 상대가 어쩐지 죽질 않는다.

'뭐지, 이건?'

딱히 재능이 뛰어난 것도 아니고, 전투 감각이 뛰어난 것도 아니고, 그렇다고 압도적인 피지컬이나 오러양을 지닌 것도 아니다.

이제까지 피한 것도 그저 운이 좋았다고밖에는 할 말이 없다.

하지만······.

'행운이 이렇게까지 이어질 수가 있나?'

실력에 비해 결과가 지나치게 좋았다.

그가 날린 공세는 열 번에 아홉 번은 죽을 위력이었다. 즉, 열 번에 한 번은 피할 수도 있단 소리였다.

그 기회를 놓치지 않고 잡는다.

잠시 세라티를 살펴본 미래 레번이 감탄을 터트렸다.

'다른 의미로 특이한 감각을 지니고 있군.'

저 붉은 머리 여인은 딱히 전형적인 무인의 재능은 지니고 있지 않았다.

아니, 엄밀히 말하면 지니고는 있다.

육체 능력, 오러 운용력, 판단력, 검술, 전투 감각 모두 뛰어나다. 일류라 불리기에 모자람이 없다.

그저 무왕이 보기에 하찮은 수준이었을 뿐.

그런데, 그런 그가 보기에도 상당한 수준의 재능이 하나 존재했다.

'도박에 재능이 있어.'

합리의 영역을 벗어나 이치와 득실을 넘어 생사의 관문을 찾는, 승부사로서의 감각이 엄청나게 예리하다.

그래서 지금까지도 용케 목숨을 부지하고 있는 것이다.

물론 저건 무인에게 있어 썩 바람직한 재능이라고만은 할 수 없다.

패가망신하기 딱 좋은 능력이니까.

한 번만 실수하면 골로 간다는 소리잖아?

실제로 그녀는 한 방에 팔 두 짝을 전부 날려 먹은 적도 있는 것이다. 미래 레번이야 알 리 없는 사실이겠지만.

하지만 그것이 당장 세라티의 생명줄을 부지해 주고 있다는 것도 사실이었다.

미래 레번은 인상을 썼다.

'이거, 귀찮게 되었군.'

물론 작정하고 죽이려 들면 못 죽일 건 없다. 그냥 압도적인 오러로 쓸어버리면 되는 문제다.

그런데 다른 사람들은 살려 둔 채 세라티만 죽이자니 그게 골치 아팠다. 과하게 힘을 썼다가 라피셀이나 레번까지 휘말릴 수도 있는 것이다.

그리고 그녀가 용케 살아 나가는 이유는 하나 더 있었다.

한창 사투 중인 미래 레번과 바로스 일행 사이로 날카로운 목소리가 울린다.

"프로스트 볼트! 파이어 블래스트! 라이트닝 애로우!"

멀리서 상황을 살피던 카르나크가 타이밍을 잡아 마법을 날린 것이었다.

냉기의 화살과 화염 폭발, 쏜살같은 뇌격이 미래 레번의 등 뒤를 노렸다.

미래 레번이 인상을 썼다.

'또 이 수작인가?'

이런 마법 따위 맞아 봐야 아무 문제 없다.

고작해야 5서클 마법, 결코 약하다고 할 순 없겠지만 무왕이 두른 황금의 갑옷에 비하면 한참 모자란 위력이다.

저런 마법으로 갤러드의 오러 실드를 두들기는 건 맨손으로 두꺼운 플레이트 메일을 때리는 것과 큰 차이가 없는 것이다.

그러니 무시해도 되겠지만……

"아케인 템페스트!"

맨주먹으로 치는 척하다가 은근슬쩍 갑옷 틈새에 단검을 찔러 넣는 치사한 수작을 부린다면 이야기가 달라진다.

이번엔 8서클의 강력한, 심지어 위력이 집중되는 형태의 파괴 마법이었다.

미래 레번이 슬쩍 검을 돌렸다.

'이건 또 무시할 수 있는 수준이 아니군.'

무시할 수 없다고 해서 무서워한다는 소리는 아니다.

간단히 마법을 쳐 냈다.

콰아아앙!

덕분에 카르나크의 수작은 또 수포로 돌아갔다.

대신 세라티가 또 살아남았다.

아까부터 이런 식이었다.

카르나크는 먹히면 좋고, 실패해도 손해는 보지 않는 방식으로 계속 마법을 날려 대고 있었다.

은근히 훼방을 잘 놓는달까?

그럼에도 미래 레번은 일부러 카르나크를 내버려 두는 중이었다. 일단 눈앞의 오러 유저들부터 확실히 확보한 뒤, 마저 제압할 생각이었다.

오러 유저들은 내버려 두고 일단 카르나크부터 처리한다?

뭐, 충분히 그럴 능력은 있다. 그렇게 한다 한들 딱히 미래 레번에게 무슨 심각한 위기가 오지도 않을 것이다.

문제는, 그러다가 자칫 힘 조절에 실패해 카르나크에게 심각한 피해를 입힐 가능성이 높다는 점이지.

　그냥 그 심각한 피해를 입혀도 되는 거 아니냐고 할 수도 있지만, 미래 레번에게도 어쩔 수 없는 사정이 있었다.

　'도무지 이해할 수가 없군.'

　카르나크 일행을 힐끔거리며 미래 레번은 떠올렸다.

　스트라우스 가문을 장악하기 전 마지막으로 접했던, 공허 너머의 테스라낙께서 내린 절대적인 명령을.

　─카르나크 제스트라드의 죽음을 금(禁)한다. 이는 절대적으로 지켜져야 할 명(命)이노라.

　꽤나 이해하기 힘든 방식의 명령이었다.

　반드시 생포하라거나 죽이지 말라는 게 아니라, 죽음을 금한다?

　'대체 테스라낙께선 왜 그런 말씀을 남기신 거지?'

꽃

　무왕의 검이 하늘을 찌른다.

　눈부신 금빛 태양이 찬란한 광휘를 이 땅에 펼친다.

－델피아드 검투술, 태양의 진노!

무자비한 오러의 폭우가 카르나크 일행의 머리 위를 장악
했다.

어찌나 광범위한 공격이었는지, 전면에서 싸우는 바로스
등의 오러 유저는 물론이고 후방의 카르나크와 알리우스마
저도 범위 안쪽이었다.

쏟아지는 오러 화살 비를 노려보며 허겁지겁 알리우스가
지팡이를 들었다.

"하토바께서 나를 보우하시니 그 무엇도 침탈치 못하리
라!"

빛의 방어막이 일행 전원을 감쌌다. 동시에 오러의 폭우가
모두를 두들겼다.

본성 마당 전체가 흔들리고 갈라지며 찢겨 나갔다.

콰콰콰콰쾅!

잠시 후, 자욱한 흙먼지 사이로 카르나크 일행이 모습을
드러냈다.

"으으……."

"진짜 더럽게 세네……."

다들 몰골이 말이 아니었다.

전신의 곳곳이 찢겨 나가 피가 줄줄 흐른다.

알리우스의 말과 달리 오러의 폭우는 하토바의 가호를 잘

만 침탈한 것이다.

물론 이조차도 미래 레번 입장에선 적당히 죽지 않을 만큼만 퍼부은 것이긴 했다.

하지만 당하는 입장에선 죽기 직전까지 몰리고 있는 걸로만 느껴질 터.

등 뒤로 식은땀을 흘리며 카르나크는 고민했다.

'어쩌지? 이거 영 답이 안 나오는데.'

현 카르나크 일행의 기량으로 완성된 무왕과 싸우는 것은 역시 어불성설이었던 것 같다.

'4대 총독이라도 와 주면 활로가 좀 트일 것 같기도 한데…….'

안 그래도 아까부터 계속 마법 통신을 시도하고는 있었다.

다른 일행과 마찬가지로, 4대 총독들과도 은밀한 마법 전언 체계를 미리 만들어 놓았으니까.

하지만 전혀 소통이 되질 않는다.

이 마법의 사정거리는 20여 미터 정도, 4대 총독 모두 성채 곳곳에서 치열하게 전투 중이라 본성 안쪽까지 가까이 올 틈이 없었던 것이다.

'게다가 별로 전투가 빨리 끝날 것 같지도 않고.'

투석기로 아크 리치 던져서 상대의 허를 찌른 것은 꽤 좋았다.

그 결과 문제없이 내부로 침투해 어둠의 기둥을 부술 수 있었다.

하지만 그 이후엔?

이 성채엔 실버 나이트 카이론과, 무려 서른에 달하는 강력한 오러 유저가 배치되어 있는 것이다.

4대 총독과 저들의 전투로 인한 굉음과 진동이 이곳, 본성 중앙까지 전해질 정도.

아크 리치들을 원군으로 기대할 순 없다. 그 전에 자신들이 먼저 끝장날 테니까.

'역시 이 자리는 우리만으로 어떻게든 해야……'

그러던 중이었다. 문득 바로스의 전언이 들렸다.

[도련님!]

[왜?]

[뭔가 이상하지 않습니까?]

[뭐가?]

[저놈, 어쩐지 우릴 죽이지 않으려고 노력하는 것 같거든요?]

[뭐?]

의아해한 카르나크는 상황을 유심히 살폈다. 그리고 이내 바로스의 말이 사실임을 깨달았다.

'진짜네?'

정면에서 치고받는 입장이 아니라 여태 못 느꼈는데, 이렇게 보니 의외로 공격이 굉장히 조심스럽다.

아, 1명 빼고.

'······세라티는 왜?'

뭐, 그녀는 그렇다 치고, 전체적인 정황에서 미래 레번이 일행의 안위를 대단히 신경 쓰고 있는 건 사실이었다.

'그러고 보면 아까 이상한 소릴 하기도 했었지.'

미래 레번은 데스 나이트가 된 무왕 갤러드가 진짜 함정이라고 단언했다.

즉, 미리 펼쳐 놓았던 사령결계는 딱히 함정이 아니었다는 소리다.

그럼 그건 왜 펼쳤을까?

이 역시 미래 레번이 제 입으로 떠들어 댔다.

－저건 그대들의 도주를 막기 위해 설치한 것이었다. 그래서 나도 꽤 난감해하고 있지.

－이젠 자칫 방심하면 놓칠 수도 있으니까. 귀찮게 되었어.

이유는 모르겠지만, 이쪽을 죽일 수 없다면 도주를 그토록 경계한 것도 이해가 간다.

'그렇다면······.'

카르나크는 눈을 빛냈다. 이건 이용할 수 있을 것 같았다.

"바로스! 세라티!"

갑자기 그가 목청을 높이자 다들 의아해했다.

"네?"

'아니, 왜 비밀 전언 놔두고 굳이 육성으로?'

모두가 들으라는 듯한 노골적인 외침이 이어졌다.

"난 도망가겠다!"

카르나크는 모두에게 도망치라고 외치지 않았다.

대놓고 '난 도망가겠다!'라고 외쳤지.

심지어, 오해의 소지가 없게 설명까지 제대로 붙였다.

"다들! 내가 도망칠 수 있게 저자를 막아!"

참으로 뻔뻔하기가 하늘을 찌를 지경이라 하겠다.

외침과 동시에 카르나크가 윈드 워크를 펼쳤다.

바람 걸음의 주문으로 몸을 띄우더니, 뒤도 돌아보지 않고 본성 안쪽으로 쌩하니 달아난다.

정말로 동료고 뭐고 다 버리고 도망쳐 버린 것이다.

미래 레번이 눈을 부라렸다.

'내, 저럴 줄 알았다!'

이것이 갤러드라는 절대적인 육체를 확보했음에도 불구하고 굳이 사령결계까지 펼쳐 놓았던 이유다.

저놈은 분명히 승산 없으면 도망부터 갈 테니까! 그것도 부하들은 전부 고기 방패로 던진 다음에!

"네 이노오오옴!"

노성을 터트리며 황금의 거인이 막 몸을 날리려 할 때였다.

"하토바여! 내 적을 속박하소서!"

빛의 사슬이 대지에서 솟구쳐 그의 사지를 휘감았다.

알리우스가 펼친 신성술이었다.

상황이 도통 당황스럽긴 했지만, 그렇다고 적이 등을 보였는데 멀뚱멀뚱 보내 줄 수만은 없었다.

"흥!"

코웃음을 치며 미래 레번이 일 검을 떨쳤다.

오러 웨이브가 사방으로 일어나며 신성의 사슬을 갈기갈기 부숴 버렸다.

"별 쓸모도 없는 것이 훼방을!"

그에게 있어 알리우스의 가치는 다른 일행과는 좀 달랐다.

바로스나 라피셀, 레번 등은 분명히 살려 둘 만한 가치가 있다. 워낙 특이한 종자들이었으니까.

하지만 알리우스는 딱히 눈여겨볼 만한 부분이 없다.

젊은 나이에 특급 심문관이 될 정도로 엄청난 재능에, 무술까지 뛰어난 문무 겸비의 신관이라고?

그래 봤자 무왕의 눈엔 그저 흔해 빠진 천재 중 하나일 뿐이다.

여태 살려 둔 이유는, 그가 신성 가호를 펼쳐 주는 쪽이 오히려 다른 일행을 생포하기 쉽기 때문이었다.

어설프게 상대할 만큼 바로스나 다른 이들이 만만치는 않은데, 그렇다고 과하게 힘을 썼다간 진짜로 죽여 버릴 수도 있다. 그런데 저 성직자가 신성 가호를 펼쳐 주면 죽을 목숨이 중상으로 끝난다.

그래서 여태 사정을 봐준 것이었는데…….

'그냥 죽이는 게 낫겠군.'

허공에서 자세를 바꾸며 미래 레번이 양수검을 들어 가볍게 찔렀다.

−델피아드 검투술, 메아리 화살!

파동이 일어나며 대기가 둥글게 뭉개진다.

동시에 뭉개진 원형의 파문에서 거대한 한 줄기 섬광이 알리우스에게 날아들었다.

"……!"

기겁한 알리우스가 허겁지겁 디바인 실드를 펼쳤지만 소용없었다.

날아드는 황금의 섬광 앞에 놓인 아홉 장의 신성 방패가 무슨 종잇장처럼 쉽게도 찢어발겨졌다.

콰콰콰콰쾅!

모든 방어를 부순 섬광이 순식간에 눈앞을 가득 메운다.

자기도 모르게 알리우스는 눈을 질끈 감았다. 순간적으로 죽음이란 단어가 머리를 스쳐 지나갔다.

정확한 타이밍에 끼어든 라피셀이 아니었다면 정말로 그 렇게 되었을지도 모르지.

"알리우스 님!"

어느새 섬광 앞을 가로막은 잿빛 머리 소녀가 푸른 투기검 을 길게 올려쳤다.

"타아앗!"

무왕의 금검기에 비하면 실로 볼품없는 청색의 오러.

그런데 놀라운 일이 벌어졌다.

푸른 칼날이 금빛 섬광을 깎아 내듯 베어 가며 좌우로 비 껴 흘린다!

파아아앗!

빗나간 금검기가 허무하게 허공으로 솟구쳤다.

놀란 미래 레번이 눈을 휘둥그레 떴다.

'청색급이 이걸 막았다고?'

어떻게 한 건지는 알겠다.

정면으로 충돌하면 맥없이 밀려날 것이 뻔하니, 파괴력의 중심점을 찾아 절묘한 각도로 올려치며 공세의 방향을 바꾼 것이다.

하지만 동시에, 어떻게 한 건지 모르겠다.

당장 미래 레번 본인이라도 청색급의 오러만으로는 금검 기를 저렇게 파해할 수 없었다.

아무리 저런 식으로 검을 펼쳐 봐야 압도적인 파괴력 앞에

산산이 흩어질 테니까.

말도 안 되는 일이다.

델피아드의 무왕으로 수십 년, 사령왕 테스라낙의 데스 나이트로 또 수십 년을 지내 온 그가 이해 못하는 영역을 한낱 작은 여자아이가 펼쳤다?

'저 아이는 대체?'

물론 이런 이적을 펼친 라피셀이라고 무사하지만은 않았다.

일격을 쳐올림과 동시에 전신의 피부가 찢겨 나가 피가 터진다. 내장이 진탕되고 오러가 요동친다.

그녀의 재주가 무왕조차 경악할 수준인 것은 틀림없지만, 그래 봤자 즉사를 중상으로 바꾸는 것이 한계였다.

라피셀과 알리우스 둘 다 가공할 파괴의 여파에 휘말려 피를 토하며 날아갔다.

'으, 으으으…….'

쓰러진 라피셀이 몸을 꿈틀거렸다.

무왕이 작정하고 날린 일격은 과연 가공할 수준이었다. 분명 비껴 흘렸는데도 완전히 만신창이가 되어 버렸다.

육체도 오러도, 전혀 말을 듣지 않는다. 점점 시야가 흐릿해진다.

제아무리 영혼이 미래의 무왕이라 해도 육체는 아직 성장하지 않은 아이.

'카, 카르나크 님…….'

결국 라피셀의 의식은 거기서 끊어져 버렸다.

호기심을 뒤로한 채 미래 레번은 계속 땅을 박찼다.

그에게 있어 바로스나 라피셀, 레번 등을 생포하는 건 어디까지나 개인의 선택이었다. 미래 레번 본인의 요구 사항에 불과했다.

하나 카르나크는 다르다.

그만큼은 교단의, 그리고 테스라낙의 의지로 생포해야 한다. 미래 레번의 의견이 개입될 여지가 전혀 없다.

'저자만큼은 반드시!'

상념은 길었지만 실제로는 찰나의 공방이었을 뿐.

나가떨어진 라피셀과 알리우스의 머리 위로 갤러드의 죽은 노구가 금빛 잔상을 남기며 스쳐 지나갔다.

수십 미터의 거리를 단숨에 따라잡으며 미래 레번은 본성 안쪽으로 들어섰다.

막 도망친 카르나크를 찾아 기감을 펼치려 할 때였다.

'음?'

무너진 본성 안쪽에서 가공할 파괴의 빛이 날아들고 있었다.

순간 미래 레번의 표정이 굳었다.

경험이 많다면 날아드는 빛의 형태와 기운만으로도 대충 마법의 정체를 짐작할 수 있다.

'8서클 마법, 헬 버스트?'

이건 좀 위험하다.

미래 레번이 검을 역으로 세우며 오러 실드를 펼쳤다.

황금색 빛의 방패가 펼쳐져 날아든 붉은 섬광을 막았다.

콰아앙!

바로 그때, 귓가에 불길한 소리가 들렸다.

차르르륵!

'이 자식이!'

어느새 바로스가 본성 복도에서 튀어나오며 사슬검을 날린 것이다.

또한 반대편에선 세라티와 레번이 온몸을 던져 푸른 투기검을 찔러 온다.

"타아아앗!"

"허어업!"

알리우스, 라피셀과 달리 이들은 카르나크와 은밀한 마법 전언을 공유하는 몸.

이미 전언으로 사정을 전해 듣고 앞서 움직여 기다리고 있었다.

덕분에 타이밍도, 참격의 위치와 각도도 완벽하다.

이대로라면 아무리 무왕인 그라도 좌우의 공세를 허용할

수밖에 없다.

할 수 없이 물러섰다.

상대가 피해 버리니 저들의 연격도 헛되이 빗나가 버렸다.

부서진 본성 안쪽에서 카르나크가 모습을 드러냈다.

"쳇, 실패군."

미래 레번이 눈을 가늘게 떴다.

"……도망치는 척한 거였나?"

카르나크가 유들거리며 반문했다.

"당연한 것 아닌가? 설마 진짜로 동료들을 버리고 나 혼자
도망갈 거라 여긴 거야?"

미래 레번은 순간 당황했다.

생각해 보니 그의 말이 맞았다.

이런 경우라면 당연히 상대가 도망치는 척하면서 반격할
거라 예상해야 했다. 사실 흔해 빠진 전술이 아닌가?

'그런데 왜 난 상대가 진심으로 도망칠 거라 여긴 거지?'

스스로를 이해할 수 없었다.

왜 자신은 저 '카르나크'란 자에 대해 잘 알지도 못하면서
그런 확신을 가진 걸까?

그때였다.

갑자기 카르나크가 슬쩍 뒤로 물러서더니 대뜸 윈드 워크
를 발동했다.

"다들 놈을 막아!"

동시에 맹렬하게 본성 복도 반대쪽으로 또다시 도주한다!

'저, 저놈이!'

곧바로 뒤를 쫓고 싶었지만 그럴 수 없었다.

등 뒤에서 바로스의 사슬검이 날아드는 게 느껴진다. 은검기쯤 되면 아무리 무왕이라도 몸으로 때울 만큼 만만한 위력은 아니다.

"타아아앗!"

기합을 터트리며 미래 레번이 전신의 오러를 폭발시켰다.

폭증한 오러가 사슬의 은검을 모조리 튕겨 냈다.

그리고 곧바로 몸을 날렸다.

'역시! 저놈 도망치는 거 맞잖아!'

다시 한번 확신이 뇌리를 장악했다.

무조건 카르나크부터 붙잡아야 한다고.

바로스나 세라티를 인질로 삼아 카르나크의 도주를 막는다?

그런 발상은 떠오르지도 않았다.

본능적으로 알고 있었다.

저놈에게 인질극은 절대 통하지 않는다.

만약 부하들을 이용해 인질극을 벌이면 오히려 시간 벌었다고 매우 기뻐하며 지평선 너머까지 도망갈 놈이다!

"놓칠 것 같으냐!"

스트라우스 성채 곳곳에서 폭발이 일어나며 연신 지면이 뒤흔들린다.

쾅! 쾅! 콰콰쾅!

윈드 워크의 마법으로 피하는 카르나크와 그의 뒤를 쫓으며 어떻게든 붙잡으려는 미래 레번의 장대한 술래잡기의 결과였다.

계속 도망치는 척하다가 반격하고…….

"세계를 찢어발겨라, 헬 버스트!"

반격하는 척하다가 다시 도망치는가 하면…….

"가라, 바로스!"

그러다가 또 반격이냐 도주냐를 헷갈리게 만든다.

"난 도망가겠다!"

입으로는 도주를 논하며 마법을 난사하거나, 주문을 외우는 척하며 뒤로 빠지거나, 아니면 대놓고 전력으로 뒤도 안 돌아보고 달아나는 등등.

카르나크는 실로 온갖 수단을 동원해 상대의 진을 빼 놓는 것에만 집중하고 있었다.

뒤를 쫓던 미래 레번이 치를 떨었다.

"정말 치졸하게 구는구나, 네놈!"

사실 무왕의 실력이라면 아직 8서클 초입 수준인 카르나크를 붙잡지 못할 리가 없었다.

군이 전력을 다할 필요조차도 없다.

어느 정도 이상의 오러만 발동해도 충분히 따라잡아 충분히 목덜미를 쥘 수 있을 것이다.

문제는 그랬다가 목덜미를 쥐는 행위가, 모가지를 비트는 행위가 되어 버릴지도 모른다는 점이지만.

자그마치 금검기, 무왕의 오러다. 일반인의 육체는 닿기만 해도 뼈와 살이 뒤틀릴 위력인 것이다.

물론 무왕씩이나 되는데 저 정도 힘 조절도 못 하진 않는다.

마음만 먹으면 카르나크가 무사하도록 섬세하게 움켜쥘 수도 있다. 일반인도 버틸 수준까지 오러를 줄이면 된다.

하지만 그랬다간 바로스와 세라티, 현세 레번의 공세를 버티지 못한다.

지금도 저 세 사람은 착실하게 카르나크의 뒤를 따르며 훼방을 놓고 있으니까.

세라티의 투기검을 튕겨 내며 미래 레번은 인상을 썼다.

"이 귀찮은 놈들이!"

마음 같아선 이 셋부터 확실하게 처리하고 싶었다. 하지만 그럴 순 없다.

그사이 카르나크가 도망갈 테니까! 분명히 그럴 테니까!

미래 레번의 반응을 보며 카르나크는 내심 고개를 끄덕였다.

'역시 이놈도 똑같군.'

뎀피스와 말로카 때도 비슷했다.

저들은 분명 카르나크에 대해 알지도 못하면서 진실에 가까운 확신을 지니고 있었다.

그리고 저들이 어떤 확신을 지니고 있는지 확인하는 것은 너무도 쉬운 일이었다.

원래 자기 부하들이 할 법한 확신이라고 생각하면 그게 정답이니까.

'이쯤 되면 얘들, 원래 내가 알던 애들이 맞다고 봐야 하지 않나?'

아니면 테스라낙이란 존재가 이 정도로 카르나크 자신과 겹치는 부분이 많거나.

'그런데 정작 뎀피스는 나랑 테스라낙은 꽤 다르다고 했었지.'

그러는 동안에도 스트라우스 성채 본성은 신나게 무너지는 중이었다.

무왕 갤러드의 육신과 카르나크 일행이 성채 곳곳을 넘나들며 부수고, 피하고, 쫓고 쫓긴다.

문득 미래 레번이 치를 떨며 외쳤다.

"대체 언제까지 이런 무의미한 짓거리를 반복할 셈이냐!"

아까부터 그저 성내 곳곳을 오락가락하고만 있다.

도주하는 것도, 그렇다고 반격하는 것도 아니다.

부서진 본성 벽을 통해 밖을 내다보며 미래 레번이 재차 고함을 질렀다.

"이렇게 날뛰어 봐야 결국 남는 건 사방을 엉망으로 만드는 게 전부 아니냐?"

과연 그랬다.

카르나크가 저토록 죽어라 도주해서 남긴 결과라고는 잔뜩 부서진 본성과, 마당에 그림 그리면서 노는 아이처럼 앞뜰에 별 모양으로 깊게 파헤친 흔적뿐…….

순간 미래 레번의 안색이 굳었다.

'잠깐!'

파괴의 흔적이 지나치게 반듯했다.

그냥 해 본 소리였는데, 이렇게 보니 진짜로 별 모양을 그려 놓은 것이 맞았다.

저 별 모양이란 걸 유식한 말로는 육망성이라고도 한다. 그리고 세상에는 저 문양을 유독 애용하는 직종이 존재하지.

미래 레번이 눈을 껌뻑였다.

"……사령술?"

굉음과 함께 육망성을 통해 방대한 사기가 쏟아져 나오기 시작했다.

쿠우우웅!

마치 죽음의 신이 강림한 듯한 어마어마한 어둠의 기운이었다.

광익光翼의 천사

템피스를 비롯한 4대 총독, 이젠 황혼교의 4대 장로가 된 아크 리치들은 스트라우스 성채 곳곳에서 스트라우스 가문의 오러 유저와 치열하게 싸우고 있었다.

제아무리 4대 장로가 전설의 괴물이라는 아크 리치에 9서클의 마스터라곤 하지만 역시 스트라우스의 기사들은 녹록지 않았다.

특히나 티라파트는 유독 힘겨운 전투를 이어 가는 중이었다.

그는 지금, 7왕국 연합의 최강자 중 1명이라는 실버 나이트 카이론과 일전을 겨루고 있는 것이다.

뼈로 된 양손이 허공을 휘저어 마력을 조율하며 어둠의 원진을 그려 낸다.

"여덟 머리의 뱀이여, 내 적에게 죽음의 독니를 박아 넣어라!"

검은 마법진을 통해 여덟 줄기의 어둠이 화살처럼 쏘아졌다.

날아드는 암흑의 뱀들을 노려보며 카이론이 은검을 떨쳤다.

–델피아드 검투술, 풍왕의 난격!

현세 레번도 종종 애용하는 스트라우스 가문의 비전 절기가 실버 나이트의 검을 통해 펼쳐진다.

과연 그 위력은 레번과 차원이 달랐다.

아홉 번의 연격이 뱀의 머리들을 모조리 박살 내 버렸다.

그러고도 모자라 티라파트에게까지 쇄도한다!

'헉!'

사색이 된 티라파트가 방어 마법을 펼쳤다.

해골밖에 안 남은 머리통에 사색이고 생색이고 있을 리 없으니 어디까지나 기분만 그랬다는 소리지만.

"혈신의 방패!"

쾅! 콰콰콰쾅!

은빛의 참격이 연신 핏빛 실드를 두들긴다.

전력으로 방어막을 펼쳤는데도 금이 쩍쩍 가고 전신이 요동친다.

'크어어어……'

뼛골까지 쑤셔 오는 연격이었다. 뭐, 어차피 쑤실 게 뼈밖에 안 남긴 했다.

생각은 길어도 실제론 찰나.

콰아앙!

폭음과 함께 티라파트는 뒤로 튕겨 났다.

"크으으윽……"

버텨 냈다는 의미였다.

카이론의 투기검에 꿰뚫렸으면 튕겨 나는 게 아니라 해골 꼬치가 되었을 것이다.

있지도 않은 혀를 차며 티라파트는 치를 떨었다. (그래도 해골이라서 치아는 있었다.)

'이 친구 정말 강하구만.'

몇 번이나 공방을 주고받은 덕분에 확실히 느낄 수 있었다.

카이론이 아무래도 자신보다 한 수 위다.

그가 티라파트보다 강해서라기보다는, 오러 유저와 마법사의 특징 탓이 컸다.

실버 나이트와 9서클의 경지는 일반적으로 동급으로 여겨진다. 하지만 상황에 따라 실제 결과는 꽤 차이가 난다.

다수의 전장이라면 마법사의 우위, 일대일 대결이라면 오러 유저가 유리하다는 식이다.

오히려 마법사인 티라파트가 오러 유저인 카이론과 맞상 대한다는 것부터가, 그가 얼마나 전투에 뛰어난지 증명해 주는 것이다.

실제로 티라파트는 4대 장로 중 최강의 전투 능력을 지니고 있었다.

4대 장로는 다들 9서클의 마스터, 마법적인 기량은 서로 동급이다. 끝내 10서클의 벽을 넘지 못한 채 아크 리치가 되었으니까.

하지만 각자의 장기는 서로 조금씩 다르다.

마법의 이해도는 템피스가 제일 높고, 마력량은 칼라프가 제일 크다.

말로카야 싸움엔 젬병이었지만 비전투적인 분야에서 독보적이고.

티라파트는 전투 응용력에서 제일 뛰어났다. 실전만큼은 그가 4대 총독 중 제일 강했다.

물론 이 점을 감안해도 실버 나이트를 상대로 티라파트가 이렇게나 오래 버티긴 사실 힘들다. 워낙 상성이 좋지 않다.

그럼에도 쉽사리 승패가 갈리지 않는 이유는, 현재 카이론이 전력으로 싸우지 않고 있기 때문이다.

일부러 봐준다는 소린 아니었다. 분명히 열심히 전투에 임하고는 있었다.

그저, 열심히 싸운다와 전력으로 싸운다가 반드시 같은 의미는 아닌 것이다.

싸우면서 카이론이 무심코 욕설을 내뱉는다.

"이 사악한 아크 리치 놈!"

그런데 욕을 하고 보니 뭔가 좀 애매하다.

저 뼈밖에 안 남은 사악한 아크 리치가 지금 왜 이 자리에 왔는가?

스트라우스 가문을 장악한 어둠을 걷어 내고 무왕 갤러드를 구하러 온 거지?

언데드인 건 틀림없지만 싸우는 목적은 분명히 정의를 위해서다.

그럼 자신은 왜 여기서 싸우고 있나?

아무리 무왕 갤러드를 인질로 잡혀서라지만, 죽음의 신을 섬기고 언데드를 다루는 사교도들을 보호하기 위해서다.

상황이 이런데 진심으로 싸울 마음이 나겠냐?

죽어 줄 수는 없으니 일단 열심히 싸우긴 하지만, 이기고 싶은 마음도 도저히 안 드는 것이다.

오히려, 이대로 싸우는 중에 침입자가 에밀 목 따고 갤러드 구해 주면 카이론 입장에선 그게 최고다. 기쁘게 항복하면 그만이거든.

이렇듯 서로의 목적이 묘하게 부합되어 둘은 꽤나 장기전을 벌이고 있었다.

그렇게 한참을 싸우던 중이다.

갑자기 스트라우스 성채 중앙에서 어마어마한 어둠이 솟구쳤다.

콰아아아앙!

티라파트와 카이론이 동시에 중얼거렸다.

"카르나크 님인가?"

"에밀 도련님인가?"

그리고 의외라는 듯 서로를 바라보았다.

양쪽 모두 상대방이 아닌, 자신이 섬기는 주군이 저런 짓을 벌였다고 여긴 것이다.

하여튼 기겁할 정도로 엄청난 힘이었다.

자연히 의문이 들지 않을 수 없었다.

'대체 어디서 저런 게 튀어나온 거지?'

───※───

미래 레번은 정신없이 주위를 두리번거렸다.

'이건 대체……'

본성 전체가 어둠으로 물들어 간다.

강대한 죽음의 기운이 사방에 넘실거린다.

전생 때 살아서 수십 년, 죽어서 또 수십 년을 지내 온 그조차도 이 정도의 권능을 다루는 이는 단 1명밖에 접한 적이 없었다.

테스라낙이 아직 사령왕이던 시절 이런 식으로 어둠의 권능을 다루곤 했다.

당황한 미래 레번은 카르나크를 노려보았다.

'설마 저놈이 이걸?'

아니다, 그럴 리가 없다.

카르나크가 분명 그동안 기이하고 대단한 면모를 많이 보여 준 것은 사실이었다.

하지만 그래 봐야 살아 있는 육신을 지닌 인간일 뿐.

한낱 필멸자에게서 어찌 위대한 죽음의 신이 느껴진단 말인가?

'하지만 이 어둠에 깃든 종말의 힘은 분명히……'

혼란에 빠진 미래 레번이 카르나크를 바라볼 때였다.

카르나크가 이를 갈며 그를 향해 외쳤다.

"이런 사악한 수작을 숨기고 있었다니!"

미래 레번이 눈을 껌벅거렸다.

'……엥?'

노골적으로 당황한 표정을 지으며 카르나크가 일행에게도 소리를 지른다.

"다들 어둠에 맞서 몸을 보호해!"

정말 당황한 것 같았다.

표정이 매우 진솔하고 음성에도 진심이 듬뿍 담겨 있다.

순간적으로 혼란이 왔다.

'……저놈이 한 짓이 아닌가?'

만약 저게 연기라면, 저자는 수십 년을 연기만 해 온 달인 중의 달인일 것이다.

이제 고작 20살 남짓의 청년에게 그 정도의 경력이 있을 리가?

미래 레번이 재빨리 머리를 굴렸다.

'혹시 다른 교도들이 이 자리에?'

그가 미처 듣지 못한 검은 신의 사령술사가 이곳에 원군으로 온 것일 수도 있었다.

미래 레번이 보기에도 자신의 조직, 검은 신의 교단이 참서로 연락 안 되는 건 명백했다.

하지만 그것도 말이 되질 않는다.

'이 정도로 엄청난 어둠의 권능을 다루는 사령술사가 우리 교단에 있었다고?'

대마법사 엘레자르가 직접 나타나도 이렇게는 못한다. 그리고 그녀는 테스라낙의 명에 따라 결코 제국을 벗어날 수 없는 몸이다.

그때 카르나크가 외침을 이었다.

"하나 아무리 방대하다 한들 악의 힘일 뿐! 어둠은 결코 빛을 이길 수 없다!"

가혹한 운명 앞에서도 꺾이지 않는, 굳건한 의지와 열정이 느껴지는 목소리였다.

기절한 라피셀에게 치유술을 펼치던 알리우스가 감탄을 흘렸다.

'허어, 과연 영웅다운 풍모로다.'

세라티와 레번 역시 다른 의미로 감동한 눈빛을 하고 있었다.

'와, 사람이……'

'저렇게까지 뻔뻔할 수도 있구나.'

이걸 누가 했냐고?

카르나크 말고 또 있겠냐?

그런데도 시치미 뚝 떼고 자기 아닌 척, 미래 레번이 한 척 뒤집어씌우는 것이다.

어이없는 건, 미래 레번도 비슷한 생각 중이었다는 점이다.

'혹시 내가 한 짓인가?'

갤러드를 데스 나이트로 바꾼 술법은 테스라낙이 친히 내려 준 것. 교단의 사령술사들조차도 술법 대부분을 이해하지 못한 채 그냥 원숭이처럼 따라 했을 뿐이다.

이 술법 안에는 미래 레번도 잘 모르는 부분이 대다수인 것이다.

그러니 이런 생각이 들지 않을 수 없다.

'설마 이것이 테스라낙 님의 안배?'

미래 레번은 당혹했다.

그럼 자신은 이 어둠을 어찌해야 하는가?

'테스라낙께선 아무것도 알려 주지 않으셨는데?'

그렇게 상대가 혼란스러워하는 동안, 카르나크는 미리 준비한 술식을 무난히 끝마칠 수 있었다.

이거 하려고 괜히 어울리지도 않는 '영웅 레번' 흉내까지 내 가며 시간을 끌어야 했지.

'여기서부터가 진짜다!'

완드를 높이 올리며 마력을 발했다.

"마령술, 광익의 천사!"

어둠의 육망성 한가운데 빛의 기둥이 솟구쳤다.

파아아아앗!

찬란한 광채가 어둠을 살라 먹으며 퍼져 나간다.

어둠이 사그라지며 빛이 그 자리를 대신한다.

세라티가 자기도 모르게 감탄을 흘렸다.

"와……."

참으로 성스러운 광경이었다.

물론 그녀도 알고 있다, 저것이 진짜로 성스러운 빛은 아니라는 것을.

심지어 카르나크가 한 짓이니 내막은 분명 또 사악한 무엇인가겠지.

그럼에도 불구하고 당장 눈앞에 펼쳐지는 광경이 너무 압도적이다.

누가 봐도 빛이 어둠으로 물든 대지를 찬란하게 정화시키는 것처럼 보인다.

파아아아앗!

결국 빛이 육망성의 어둠을 모조리 집어삼켰다. 그리고 카르나크에게로 모이기 시작했다.

눈부신 빛의 날개가 등 뒤로 펼쳐진다. 수많은 다이아몬드가 한꺼번에 반짝이는 듯한 찬란한 날개다.

동시에 빛의 갑주가 전신을 뒤덮는다.

순식간에 카르나크의 모습이 사라지고 천상의 존재가 그 자리를 대신한다.

그것은 사람들이 여신의 사도라 믿는 천사의 형상이었다.

일곱 여신을 위해 나아가 싸우는, 전투의 천사.

미래 레번이 혀를 찼다.

'제길, 뭔지는 모르지만 실패한 모양이군.'

아직도 그는 저 어둠을 '테스라낙이 안배해 놓았는데 자기가 뭘 몰라서 카르나크가 파해해 버린 줄' 알고 있었다.

하긴, 사정 모르면 딱 그렇게 보이긴 했다.

천사의 모습이 된 카르나크가 날개를 펼치며 빛을 발했다.

"스트라우스의 반역자여! 이번에야말로 그대의 죄악을 벌하겠다!"

순백의 파동이 그를 중심으로 퍼져 나간다.

미래 레번이 인상을 썼다.

실로 엄청난 기운이다. 무왕인 자신이라도 감히 방심할 수 없는.

하지만 그렇다고 자신이 밀리는 것도 아니다.

"흥, 겉보기엔 제법 그럴싸하지만!"

금빛 투기검을 쥔 채 미래 레번이 땅을 박찼다.

"그래 봤자 진정한 검 앞에선 무용!"

광익의 천사가 된 카르나크 역시 날개를 펄럭이며 마주 돌진해 갔다.

그가 남긴 빛의 궤적에서 천사의 노랫소리가 음악처럼 울려 퍼졌다.

아아아아아!

바로스는 피투성이가 된 채 성채 한쪽에 기대앉아 있었다.

'하이고, 죽겠다…….'

급하게 은검기로 경지를 올린 것까진 좋은데, 그 대가로 지독한 통증이 육체를 엄습하고 있는 것이다.

역시 무리하면 반드시 부작용이 있기 마련이다.

'그래도 덕분에 도련님이 뭘 해 볼 시간 정도는 벌었으니까.'

아름다운 천사의 모습이 된 카르나크를 보며 바로스는 문득 피식거렸다.

'천사? 저게 무슨.'

다른 사람은 몰라도 그는 알고 있었다.

카르나크에겐 원래 저것과 흡사한 사령술이 존재한다는 것을.

'강신술, 혼돈의 마왕이잖아? 거기에 그냥 천사 껍데기만 씌웠구만.'

그날 밤, 스트라우스 성채의 밤하늘엔 3개의 달이 떠 있었다.

하늘 높이 떠 있는 진짜 달과 갑자기 나타난, 워낙 광량이 어마어마하다 보니 순간 달로 착각할 정도로 거대한 2개의 빛이 그것이었다.

빛과 빛이 충돌하며 광휘의 파문이 성채 전역으로 퍼져 나갔다.

콰아아아아아앙!

그 웅장한 광경은 스트라우스군뿐만 아니라 토벌군에게도 똑똑히 보였다.

모두가 두려워하며 하늘을 올려보았다.

"저건?"

거리가 워낙 먼 데다 양쪽 모두 전신이 빛으로 둘러싸여 있으니, 감히 일반인의 시력으로는 정체를 알아보기 힘들다.

다만 오러 오저쯤 되면 희미하게나마 윤곽은 알아볼 수 있었다.

"설마……."

"무왕 갤러드?"

물론 아무리 오러 유저라도 이토록 먼 거리에서 상대의 얼굴까지 구별하긴 어렵다. 하지만 대충 건장한 노기사라는 건 알 수 있었다.

그 건장한 노기사가 황금의 오러로 전신을 감싼 채 인간을 초월한 무위를 보이고 있는데, 델피아드의 무왕이 아니라면 과연 누구겠는가?

하지만 그가 상대하는 저 찬란한 빛의 존재에 대해선 아무도 알아볼 수 없었다.

"빛의 날개잖아!"

"설마 여신의 천사?"

다들 혼란에 빠졌다.

여신의 천사라는 게 실존하는지도 의문이었고, 왜 나타난 것인지도 모르겠으며, 무엇보다 상황 자체가 이해가 가지 않았다.

"왜 델피아드의 무왕이 여신의 천사와 싸우는 거지?"

아니, 당장 어느 쪽이 자기편인지조차 헷갈릴 지경이었다.

토벌군은 분명히 유폐된 무왕 갤러드를 구하러 온 몸이다.

그런데 그 갤러드가 멀쩡한 모습으로 나타나 천사와 싸우고 있으면, 설마 저 천사가 검은 신의 교단이 부른 존재란 말인가?

저렇게 휘황찬란한데?

누가 봐도 어둠이니 죽음이니 하는 것과는 높게 담을 쌓은 걸로 보이는데?

경외의 시선 속에서, 토벌군 기사 중 1명이 모두의 심정을 대변하듯 중얼거렸다.

"……뭐가 어떻게 돌아가는 거냐, 도대체?"

❊

가공할 충돌을 뒤로한 채 천사와 무왕이 서로 물러났다.

광익의 천사가 날갯짓을 하며 허공에 몸을 띄웠다. 무왕의 몸을 차지한 미래 레번도 허공에서 자세를 고쳤다.

그렇게 바닥에 무사히 착지하더니, 이내 땅을 박차며 다시 날아오른다!

– 델피아드 검투술, 천공의 참격!

미래 레번의 양수검이 허공을 그었다.

마치 공간이 찢기는 듯한 광경과 함께 하늘이 통째로 갈라졌다.

쿠웅!

황금의 투기가 장막이 되어 밤하늘을 덮어 간다.

얼핏 빛으로 된 비단이 세상에 깔리는 듯한 광경.

그러나 감각이 예리한 자라면 그 속에 깃든 무자비한 파괴력을 눈치챌 수 있으리라.

광익의 천사, 카르나크가 정신을 집중했다.

'막아라!'

천사가 낭랑한 기합을 토해 낸다. 하늘 가득 성스러운 노랫소리가 울려 퍼진다.

아아아아아!

천사의 양손에 빛의 칭이 형성되어 수십 차례의 연격을 퍼붓기 시작했다.

비단 자락에 무수한 구멍이 뚫리며 순식간에 투기의 장막이 너덜너덜해졌다.

무자비한 폭음이 연신 울린다.

쾅! 콰콰콰콰콰쾅!

사방으로 흩어진 빛의 파편만으로도 바위가 갈라지고 대지가 파헤쳐지고 있었다.

그 요란한 파괴의 현장 속에서 무왕과 천사는 연신 충돌하고 떨어지길 반복했다.

그때마다 절묘한 검술과 체술이 서로 얽혔다.

수십 차례의 공방이 화려한 빛의 궤적을 남기며 서로의 급소를 노린다. 하나같이 무왕의 명성에 부끄럽지 않은 고도의 절기들이다.

'정말 엄청나군…….'

반쯤 무너진 본성 기둥에 기대어 허공을 지켜보던 현세 레번이 질린다는 표정을 지었다.

어지간하면 자신도 합공해 카르나크를 돕고 싶었지만…….

[제 실력으로 어떻게 할 수 있는 전투가 아니군요.]

아까까지야 미래 레번이 이래저래 봐주는 게 많아서 그 역시 버틸 수 있었다. 하지만 저런 데 끼어들었다간 오히려 방해만 될 것이다.

[대체 상대가 뭘 하는지조차 파악하기 힘들 지경이니, 원.]

그러자 세라티가 이해가 안 가는 듯 중얼거렸다.

[그런데 어떻게 카르나크 님이 저렇게 싸울 수 있는 거죠?]

그녀가 아는 카르나크는 무술적인 측면에선 정말 일 푼의 조예도 없었다.

그런데 저 천사의 모습을 취한 후로는 무려 델피아드의 무왕에 필적하는 움직임을 보이는 것이다.

당연하다며 바로스가 대꾸했다.

[그야, 도련님이 직접 움직이시는 건 아니니까 그렇죠.]

광익의 천사라는 술법은 분명 오늘 처음 본다.

하지만 혼돈의 마왕은 그도 이미 아는 술법이었다.

[도련님은 어디까지나 토대가 되는 촉매인 거고, 전투는 천사가 자동으로 하는 거예요.]

엄밀히 말하면 이 또한 카르나크의 다른 소환술과 개념이 비슷하다.

소환자가 소환수를 조종할 땐, 자기 사지를 움직이는 것처럼 직접적으로 관여하지는 않는다.

그냥 싸워라, 쳐라, 막아라, 피해라 같은 대략적인 명령만 내릴 뿐이다.

[저건 그보다는 좀 더 직접적인 체계라서 어느 정도 자기 몸처럼 다루기도 하지만, 그렇다고 완전히 세 몸처럼 움식이는 것도 아니에요.]

[그렇다는 건…….]

[네, 그냥 저 천사가 잘 싸우는 거예요.]

설명하다 말고 바로스는 문득 실소했다.

사실 광익의 천사란 건 존재하지 않는다.

[뭐, 엄밀히 말하면 혼돈의 마왕이지만요.]

※

지상에 착지한 미래 레번이 갤러드의 얼굴로 씩 웃었다.

"용케 이 검을 막았구나."

그리고 곧바로 양수검을 비틀며 투기를 끌어 올렸다.

"타아아앗!"

금검기가 칼날을 타고 회오리치며 사방으로 나부꼈다.

미래 레번이 검을 크게 내리쳤다.

"그렇다면 이건 어떠냐!"

마치 수십 마리의 금빛 독사를 동시에 쏘아 낸 것처럼, 투기의 기류가 광익의 천사를 향해 어지러운 궤도를 타고 쇄도해 간다!

천사를 덧씌운 카르나크가 눈을 빛냈다.

이건 어떠냐고?

'몰라. 그걸 내가 어떻게 알아?'

아무리 사령술의 극에 달한 그라 해도 검술 측면에선 일반인을 크게 벗어나지 못한다.

일반인 입장에선, 평범한 전사가 칼질하는 것조차도 눈앞에서 보면 뭔가 번쩍거릴 뿐 기술을 분간할 수 없는 법.

하물며 상대는 무왕, 무의 극에 도달한 4인의 초인 중 1명이었다.

그런 초인이 펼친 검술을 카르나크가 평가할 수 있을 리가 없지 않은가?

하지만 이건 알 수 있다.

상대의 공세를 막아야 할지, 피해야 할지는.

무왕의 검술을 파악할 순 없지만 전황은 파악할 수 있는 것이다.

그 영역에선 충분히 많은 경험을 쌓아 온 카르나크였다.

'회피 기동!'

명령에 따라 광익의 천사가 움직였다.

빠르게 좌측으로 빠지며 미래 레번의 공세 바깥으로 벗어난다.

그 움직임과 발놀림이 실로 오묘해, 복잡한 무왕의 공격마저 무난히 피해 버린다.

게다가 광익의 천사는 카르나크가 언급하지 않은 추가 동작도 발현하고 있었다.

양손을 어지럽게 놀리며 날아드는 투기의 뱀들을 모조리 쳐 낸 것이다.

여타 소환수들이 그렇듯, 광익의 천사도 기본적으로 카르나크의 명령을 따르되 이런 순간적인 반응이 필요한 경우에는 자율적으로 대응하게 되어 있었다.

콰콰콰콰쾅!

투기의 뱀들이 허공에서 폭발하며 굉음이 일었다.

곧바로 카르나크가 명령을 이었다.

'상승 후 반격!'

광익의 천사가 날개를 펼치며 미래 레번의 우측으로 향했다.

땅을 박차고 날아오르며 허공에서 빛의 창을 내리찍는다!

"아아아아아!"

미레 레번도 가만히 있진 않았다.

크게 한 발 내디디며 투기를 끌어 올려 장대한 2단 올려치기를 날린다.

-델피아드 검투술, 오버 킬!

유성처럼 내리치는 일격과 초승달 같은 참격이 충돌해 또다시 빛의 파문이 일었다.

파아아아앗!

뒤로 물러선 미래 레번이 신음을 흘렸다.

"으음……."

이번에도 절묘한 타이밍에 공격이 막혔다. 나름 자신 있는 공격이었는데도.

마찬가지로 뒤로 물러나며 카르나크는 내심 안도했다.

'다행히 기대보다 상황이 더 잘 풀렸군.'

　　　　　　　　　　＊

바로스의 예상대로, 광익의 천사는 혼돈의 마왕을 마령술로 바꾼 술법이었다.

전생의 사령왕 카르나크에겐 3인의 대마법사와 4대 무왕이라는 강대한 적수들이 존재했다.

그리고 카르나크에게 있어서, 저들 중 더욱 까다로운 상대를 고르라 하면 역시 무왕 쪽이었다.

동급의 일대일 대결이라면 마법사보다 오러 유저가 유리하다는 것이 세간의 상식.

마법사가 손가락을 까딱거려 하늘을 찢어발기고, 말 한마디에 대지가 갈라지는 권능을 지니고 있으면 무얼 하나?

오러 유저의 가공할 스피드는 그 전에 마법사의 손가락과 혓바닥을 썰어 버릴 수 있다.

그런데 사령술사도 전투 방식만 보면 마법사와 큰 차이가 없었다. 그러니 대마법사와 싸울 때보단 무왕과 싸울 때 더욱 곤란을 겪는 경우가 많았다.

그래서 고민 끝에 카르나크가 창안한 최강의 근접전용 사령술이 바로 강신술, 혼돈의 마왕이었다.

기존의 사령술로는 그 어떤 악마를 불러내도 무왕을 상대할 수 없다.

무왕을 상대할 수 있을 정도로 초월적인 악마를 불러내면 컨트롤이 되지 않고, 컨트롤이 되는 한계 내에선 아무리 악마를 불러내도 무왕의 상대가 되지 않는다.

이에 카르나크가 내린 결론은 이것이었다.

'인류의 무의식 속 이미지를 어둠에 투영한 뒤 절대의 존

재를 구체화시킨다.'

절대 악, 무적의 악마, 죽음과 절망 등 모두가 공포의 대상으로 여기는 이미지를 어둠과 합일해 소환의 형태로 현실에 불러낸다. 그리고 그 가공할 이미지를 스스로에게 덧씌운다.

이렇게 함으로써 문제를 해결했다.

초월적인 악마가 카르나크 자신이라면, 컨트롤에 별 지장이 있을 리 없으니까.

강신술, 혼돈의 마왕을 완성시킨 뒤 카르나크는 4대 무왕에 필적하는 근접 전투 능력을 손에 넣을 수 있었다.

워낙 강력한 술법이기에, 이 시대로 회귀한 후에도 이 수법만큼은 어떻게든 재현하기 위해 많은 노력을 기울여 왔다.

일단 빛의 형태로 어둠의 마력 위에 찬란한 껍질을 씌운다. 그럼 마치 빛이 어둠을 물리치는 것처럼 보이게 된다.

실은 그냥 빛으로 어둠 전체를 슬쩍 덮어 버린 것이지만.

냄새나는 것을 안에 죄다 처넣고 뚜껑 닫아 밀봉하는 과정이라 하겠다.

이후 혼돈의 마왕 위에 천사 형태의 환영을 덧씌워, 누가봐도 성스러워 보이게 착각을 준다.

이리하면 어둠의 기운도 안 느껴지면서 겉보기엔 굉장히 '선해 보이는' 술법이 되는 것이다.

다만 여전히 단점은 남아 있었다.

발동 조건이 너무 까다로워서 실전에서 써먹을 수가 없다는 단점이.

일단 육망성을 그리는 과정 자체가 너무 오래 걸렸다.

딱히 결계 구성이 까다로운 건 아니다. 다만 미리 깔아 놓고 발동시키는 함정형 결계가 아니라 실시간 발동형이라는 게 문제였다.

즉, 전투가 시작된 후에 한창 싸우다 말고 이 거대한 육망성을 직접 그려야 하는 것이다. 그것도 수십 미터 단위로.

게다가 적인 무왕이 반드시 육망성 내부에 위치해야 한다는 조건도 걸려 있었다.

상대가 무왕쯤 되는 절대자여야, 이를 반전시켜 무의식 속의 이미지를 뽑아낼 수 있는 것이다.

그래서 이 수법은 상대가 강한 만큼 나도 강해지는 방식이기도 했다.

이렇듯 광익의 천사는 여러모로 실전 투입은 아직이었다.

누가 봐도 수상한 육망성을 수십 미터 크기로 그리면서 '저기, 잠깐만 그 안에 들어앉아 있어 줄래요?'라고 할 순 없지 않은가?

'그래서 이 단계에서 쓸 수 있을 것이라곤 미처 생각 못 했는데 말이지.'

미레 레번이 맹목적으로 움직여 주었기에 가능한 일이었다.

눈앞의 카르나크에게 너무 집중하고 있어 발밑에서 무슨

일이 벌어지는지 관심을 가지지 못했다.

뭐. 관심을 가지려 할 때마다 바로스며 세라티가 타이밍 맞춰 기습을 한 덕분도 있었고.

덕분에 혼돈의 마왕을 다시 쓸 수 있게 되었다.

'아니, 이제는 광익의 천사지. 아무렴.'

누가 봐도 사람답게 살고 있다. 매우 뿌듯하다.

유쾌한 표정으로 카르나크는 재차 명령을 내렸다.

'돌진 직후 자율 공방 발동!'

천사의 노랫소리가 울리며 빛의 날개가 화려하게 홰를 쳤다.

아아아아아!

광익의 천사와 델피아드의 무왕은 계속해 공방을 주고받았다.

서로 충돌할 때마다 대지가 흔들리고 하늘이 찢어지는 꽹음이 연거푸 울린다.

무수한 빛과 빛의 격돌 속에서 어느 한쪽이 유리하지도 불리하지도 않은 팽팽한 승부가 이어진다.

하나 승부와 별개로 미래 레번의 표정은 점점 흔들리는 중이었다.

'이건 대체……'

보면 볼수록 눈앞에 벌어진 모든 것이 당황스러웠다.

'어떻게 마법사가 이런 움직임을 할 수 있지?'

델피아드의 무왕으로 수십 년, 이후 테스라낙의 사도로 또 수십 년을 싸워 온 그였다.

그 모든 전투 경험을 통틀어도 이런 건 상대해 본 적이 없었다.

'게다가 느낌도 영 이상하고…….'

일단 강하긴 확실히 강하다.

내려치는 공격에 실린 위력도 엄청나고, 빛의 날개에서 뿜어져 나오는 기운도 실로 방대하다.

그런데 저 기운 자체의 정체가 뭔지를 모르겠다.

'마나도 아니고 신성력도 아니고 오러도 아니고…….'

굳이 따지자면 사령력이 아닌가 하는 의심이 들었다.

착각인가 싶을 정도로 옅긴 하지만.

그런데 정작 전투 형태를 보면 딱히 어둠의 권능을 휘두르는 것 같지도 않다.

일단 굉장히 눈부시고 밝지 않은가?

'강한 건 확실한데, 대체 왜 강한 거야?'

광익의 천사를 조종하며 상대의 반응을 살피던 카르나크가 히죽 웃었다.

'역시 이건 레번도 알아보지 못하는군.'

분명 그가 광익의 천사, 정확히는 혼돈의 마왕을 창안한 이유는 4대 무왕을 상대하기 위해서였다.

다만, 정작 카르나크는 이 수법을 자주 사용하진 않았다.

애초에 근접 전투 자체를 격렬하게 싫어했으니까.

 -왜 기분 나쁘게 적의 숨결이 느껴지는 거리에서 싸워? 멀리서 펑펑 쏴 죽이면 되는데!

이것이 평소 그의 지론인 것이다.

상황상 근접전이 강제될 때만 제한적으로 구사하던 술법이었다.

실제로 시프라스의 무왕 라피셀을 상대로 할 때 외엔 딱히 써먹은 적도 없었다.

레번 스트라우스나 말리칸 툰, 드렐타인 등의 다른 무왕들을 상대할 땐 든든한 고기 방패, 데스 나이트 바로스가 있었거든.

그래서 당시엔 기껏 만들어 놓고도 별로 써먹지 못해 아쉽다고만 생각했는데, 지금 와서 보니 오히려 잘된 일이었다.

'덕분에 아무도 알아볼 사람이 없다, 이거야.'

유일하게 이 술법을 아는 라피셀은 다행히도 이미 기절한 상태.

'이 정도면 미래 레번뿐 아니라 다른 무왕들에게도 충분히 통용되겠지!'

카르나크가 펼친 기만의 마령술, 광익의 천사.

이는 본질적으론 혼돈의 마왕이랑 완전히 똑같다. 단지 생긴 것만 누가 봐도 우아하고 예쁜 빛의 천사로 바꾼 것이다.

즉, 실제로 성스러운 기운 따윈 전혀 느껴지지 않았다.

그럼에도 토벌군의 병사들은 감격하고 있었다.

"오오……."

"천사님이 우리를 위해 싸우고 계셔!"

무슨 오러 유저도 아니고, 일반 병사 수준에선 이 거리에서 상대를 알아보지 못한다. 당연히 적이 무왕 갤러드인지도 알 수 없다.

황금빛 오러를 보면 알 수 있지 않느냐고?

사실 한밤중에 너무 찬란하게 빛나면 일반적인 인간은 그걸 금빛으로 인식하기 힘든 법이다.

실제로 태양은 항상 같은 색이지만 사람 따라서 노란색이니 붉은색이니 흰색이니 하지 않는가?

상대가 누군지는 모르겠지만, 하여튼 여신의 천사가 나타났는데 설마 사악한 사교도를 표방하는 스트라우스 가문 편이겠어? 당연히 우리 편이겠지.

대충 이런 식인 것이다.

자고로 인간은 눈에 비치는 것에 크게 휘둘리는 법.

그저 좀 밝을 뿐인 천사의 빛에 다들 '오오, 성스러운 기운이 느껴진다.'라며 감격하는 중이었다.

심지어 여신교의 신관들조차도 비슷한 상황이었다.

다만, 가까이에서 그 광경을 지켜보는 알리우스는 좀 달랐다.

'이, 이건……'

광익의 천사가 무왕 갤러드와 맞붙는다.

칼날과 빛의 창이 얽히며 빛이 터져 나온다.

그렇다. 빛이다.

그런데 왜 그 사이에서 희미하게 어둠의 기운이 새어 나오는가?

그냥 데스 나이트가 된 갤러드의 기운이라 여기면 문제가 없겠지만, 아쉽게도 그걸 구별 못 하기엔 거리가 너무 가까웠다.

틀림없이 광익의 천사에게서 흘러나오는 기운이었다.

그리고 알리우스는 이와 비슷한 느낌을 전에 받은 적이 있었다.

'……제국에서 보았던 그 마녀?'

한번 믿은 사람은 끝까지 믿는 알리우스.

그런 그조차도 살짝 의심이 들기 시작했다.

'어째서 카르나크 공에게서 그때의 느낌이 드는 거지?'

콰아앙!

천사가 날린 빛의 창을 박살 낸 뒤 미래 레번이 한 걸음 뒤로 물러섰다.

그의 방어 태세가 워낙 완벽했기에 광익의 천사도 함부로 쫓아 들어와 후속타를 넣을 수 없었다.

그렇게 잠시 소강상태가 되었다.

천사 속에 깃들인 카르나크를 노려보며, 죽은 무왕 속에 깃들인 미래 레번은 인상을 썼다.

'곤란하군.'

저 광익의 천사는 강했다. 틀림없이 무왕급의 전력에 필적하는 수준이었다.

그렇다면 자신이 감당키 어려울 정도로 강력한 적인가?

꼭 그렇진 않았다.

분명 무왕급이긴 한데, 자신을 초월할 정도로까지 강한 건 아니다. 전력을 다해 확실히 쓰러뜨리려 한다면 여러모로 방법이 없지는 않다.

문제는, 그는 절대 카르나크를 죽일 수 없는 몸이라는 점이었다.

'대체 어떻게 해야 저걸 살려 둔 채로 쓰러뜨릴 수 있지?'

살인만 저지르다 보니 살려서 생포하는 법을 모른다거나,

뭐 그런 문제는 아니었다.

무왕씩이나 되던 이가 설마 그 정도 능력도 없을까?

그리고 원래 그뿐 아니라 미래의 무왕들 대부분은 상대를 생포해야 할 일이 참으로 많았다.

일단 살아생전 인류의 영웅으로서 사령왕 테스라낙을 상대할 때.

테스라낙에게 현혹당해 오히려 적으로 돌아선 인간들이 한둘이 아니었다.

그들을 죽이지 않고 구해야 하니 정말 열심히 생포 방법을 연구할 필요가 있었다.

그러다 테스라낙에게 패하고 죽어 데스 나이트로 부활한 뒤에는, 반대로 테스라낙에게 갖다 바칠 인간 제물들을 산 채로 포박해야 했다.

역시나 죽이지 않고 생포하는 능력이 늘지 않을 수가 없었다.

이렇듯 미래 레번에게도 힘을 조절해 상대를 죽이지 않고 제압한 경험 따윈 얼마든지 있었다.

그런데 그 경험이 눈앞의 저 천사에겐 전혀 통하지 않는 것이다.

'저게 뭔지를 알아야 어느 정도까지 힘을 쓸 수 있을지도 가늠이 될 텐데, 원······.'

일반적인 경우라면 선이 딱 정해져 있다.

일단 상대가 오러 유저인 경우.

그냥 오러양을 감지해 적절하게 힘 조절을 하면 된다.

물론 기감이 어마어마하게 예민해야 하고 바늘 끝에 바늘을 세울 수 있을 정도로 정교한 오러 운용도 필요한 기술이긴 하지만, 원래 저 정도는 어렵지 않게 할 수 있어야 무왕 소리도 듣는 법이다.

상대가 마법사나 성직자라 해도 크게 어렵지는 않다.

마력, 혹은 성력의 방어를 부수고 육체에 직접 손이 닿는 그 순간까지가 한계선이다.

방어막이 없어지면 육체는 그냥 일반인이니, 평범한 사람 기절시킬 만큼의 힘만 쓰면 된다.

상대가 사령술사라면?

사령술 수준이 많이 떨어지는 상대라면 굳이 죽이고 살리고를 고민할 필요도 없다. 그냥 툭 쳐서 기절시키면 된다.

무왕인 그조차 신경을 써야 할 정도로 강한 사령술사일 경우엔?

이 경우가 어떤 의미에선 제일 쉽다. 정말 어지간해선 죽지 않거든.

육체가 부서져도 언데드로 되살아나는 놈들이다. 오히려 고민 없이 마음껏 썰 수 있는 것이다.

어차피 죽은 놈들인데 왜 죽일까 봐 걱정을 하겠는가?

그런데 저 광익의 천사는 도저히 정체를 알 수가 없었다.

사람들의 눈을 현혹시키는 저 휘황찬란한 빛의 본질은 오러도, 마나도, 신성력도 아니다.

'역시 어둠의 힘인가?'

일단 느껴지는 게 그것밖에는 없긴 한데…….

'너무 옅고 희미해서 도무지 확신을 가질 수가 없으니, 원.'

하지만 이대로 계속 결판을 내지 않을 수도 없었다.

미래 레번은 결심했다.

'좋아, 사령력이라고 간주하고 움직인다.'

자, 상대가 사령술사라면 어찌해야 하는가?

'일단 팔다리부터 잘라 놓고 반응 보는 거지.'

죽어 버린 갤러드의 육신에서, 되살아난 무왕의 살기가 피어오르기 시작했다.

미래 레번이 땅을 박차며 날아올랐다.

일 검을 내리치며 황금의 오러를 해일처럼 밀어붙인다!

-델피아드 검투술, 다운 힐!

무식할 정도의 거력이 광익의 천사에게 쏟아졌다.

빛의 창을 들어 막아 내며 카르나크가 인상을 썼다.

"크윽!"

천사의 팔을 통해 육중한 충격이 본체까지 닿았다. 이제까지와는 확실히 다른 위력이었다.

'이 자식, 갑자기 나 포기했네?'

정말 그런 것인지, 온갖 절묘한 참격이 뒤를 이었다.

델피아드 검투술의 정수가 일 검마다 펼쳐지며 끝없이 광익의 천사를 압박하기 시작한다.

"윽! 으윽! 큭!"

신음을 흘리며 카르나크는 연신 뒤로 물러났다.

확실히 미래 레번이 전력으로 덤벼드니 참격의 위력이 장난이 아니었다.

'역시 이 정도가 한계인가?'

어쩔 수 없었다.

광익의 천사의 바탕이 되는 혼돈의 마왕은 어디까지나 무왕급의 힘을 주는 것이지, 무왕을 능가하는 술법까지는 아니었으니까.

그럼에도 카르나크 역시 쉽게 당하진 않았다.

날개를 펼친 광익의 천사가, 세상을 부술 듯이 날아드는 금검기를 열심히 막아 낸다.

튕기고, 비껴 흘리고, 피하고, 버틴다.

쾅! 콰쾅! 콰콰콰쾅!

수없이 이어지는 폭음 사이로 광익의 천사는 용케 무왕의 공세를 버티고 있었다.

술법을 펼친 카르나크조차도 당황할 정도의 위력이었다.

이유는 간단했다.

광익의 천사가, 혼돈의 마왕보다 강하기 때문이다.

'왜지? 이론상 더 약해져야 정상인데.'

그때였다.

미래 레번의 참격이 의아해하는 카르나크의 옆구리를 스치고 지나갔다.

극심한 통증에 카르나크가 비명을 터트렸다.

"크어어억!"

사실 천사의 갑주 덕분에 참격의 실제 충격은 대부분 상쇄되었다. 아마도 카르나크가 느낀 고통은 극히 일부 정도밖에 안 될 것이다.

문제는, 일반인은 그것만으로도 고통으로 혼절할 지경이라는 점이지.

"아으으으……."

카르나크가 바들바들 떠는 와중에도 광익의 천사는 제때 반격을 날려 그를 위기에서 구했다.

혼돈의 마왕 때라면 벌써 권능 일부가 깨졌을 상황이었는데도.

고통에 비해 실제 피해는 그리 크지 않다는 증거였다.

그 순간 카르나크는 왜 광익의 천사가 더 강해진 건지 깨달았다.

'그렇구나!'

광익의 천사는 분명히 전생 때 펼친 혼돈의 마왕보다 약한 술법이었다. 이건 틀림없었다.

다만, 이를 펼친 카르나크의 육체가 전생 때보다 월등히 강하다!

'운동해서 그런 거였어!'

지금의 그가 무슨 뛰어난 전사처럼 육체를 극도로 단련했다는 소린 아니다. 그냥 평소 꾸준히 운동하고 좋은 것 먹고 열심히 움직이며 건강을 챙겼을 뿐이다.

다만 예전의 육체가 너무 심각하게 안 좋았던 것이다.

멸치가 '이봐, 동족!'을 외치던 당시와 비교하면 지금의 그는 꽤나 건강한 성인 장정의 몸을 하고 있다. 이것이 술법에 명확히 반영된다.

'그렇다면!'

카르나크는 눈을 빛냈다.

그 심각하게 좋지 않던 육체로도 무왕급의 위력을 발휘하게 해 주던 술법이었다.

그렇다며 알뜰살뜰 열심히 몸 챙긴 지금은?

'좀 더 적극적으로 나아가도 된다!'

정신을 집중하며 카르나크는 광익의 천사에게 남은 사령

력을 퍼부었다.

'전력 전개!'

천사의 날개가 활짝 펼쳐진다. 빛의 창이 2배로 길어지며 가공할 기운을 떨친다.

아아아아!

기나긴 허밍과 함께 빛의 창이 무왕의 투기검과 연신 충돌했다.

무수한 빛의 연격이 이어지며 하늘을 떨쳐 울렸다.

우르르릉!

뇌성이 연거푸 치고 또 친다. 마치 하늘이 무너질 듯한 천신의 전투가 한없이 이어진다.

모두가 두려움 속에 그 광경을 지켜볼 때였다.

마침내 두 사람이 허공에서 격돌했다.

빛의 창과 황금의 검이 서로 얽혔다.

서로가 서로에게 칼날을 찔러 가던 바로 그 순간!

'훗!'

미래 레번은 회심의 미소를 지었다.

그가 한발 더 빨랐다. 이대로 상대의 두 팔을 베기에 충분히.

동시에 카르나크도 사색이 되었다.

'아차!'

이대론 안 된다. 이대로라면 당하는 것은 자신이다.

하지만 생각은 찰나에 불과했다. 이미 정해진 미래가 가차 없이 닥쳐들고 있었다.

　그때였다.

　―그의 죽음을 금(禁)한다.

　절대적인 명령이 미래 레번의 뇌리를 압도했다.

　갤러드의 육체가 그 자리에서 굳었다.

　'테스라낙이시여?'

　당황한 미래 레번을 향해 천사의 창이 날아들었다.

　그리고…….

　푸욱!

　빛이, 죽은 무왕의 심장을 그대로 관통해 버렸다.

　빛의 창에 심장을 관통당한 채, 미래 레번은 신음을 흘렸다.

　"네, 네 이놈…….."

　그의 육신은 죽어 버린 무왕 갤러드의 것.

　심장이 뛰지 않으니 설령 가슴을 관통당했다 하더라도 즉사하진 않는다. 아니, 애당초 언데드이니 즉사라는 개념도 없다.

　하지만 몸이 움직이질 않았다.

　카르나크가 찌른 것은 데스 나이트 술법의 중추가 되는,

말하자면 사령력의 심장이었다.

인간처럼 심장이 터졌다고 바로 죽진 않지만 전신의 컨트롤을 잃게 되는 것이다.

'하지만 지체하면 곧바로 회복하겠지.'

누구보다도 사령술에 정통한 이답게 카르나크는 곧바로 다음 수순으로 향했다.

'쳐라.'

그의 명에 따라 천사가 오른손을 들었다.

손끝에 빛의 칼날이 솟구쳤다.

그 예리한 수도로 광익의 천사는 무왕 갤러드의 목을 그대로 베어 버렸다.

서걱!

지켜보던 레번이 흠칫 놀랐다.

[카, 카르나크 님?]

갤러드가 이미 죽은 상태라는 건 알고 있었다.

하지만 창으로 심장을 찌르고도 굳이 머리까지 벨 필요는 없지 않은가?

[이럴 필요가 있어. 상대는 언데드니까.]

그제야 레번도 상황을 이해했다.

꽤나 많은 유의 언데드들에게 공통적으로 통용되는 제압 방식이 존재한다.

바로 목을 베는 것.

인간이라면 즉사할 정도의 부상이라도, 어차피 죽은 몸인 언데드가 또 죽진 않는다. 하지만 목을 벤다는 것은 상대를 죽인다는 의미가 아니었다.

목이 베여도 언데드는 머리와 몸통이 따로 움직일 수 있다. 하지만 의식의 주체가 머리에 있으니, 머리를 잃은 몸통은 움직일 능력이 있어도 움직이려는 의지가 없다.

반대로 머리 쪽은? 움직이려는 의지야 가득하겠지만 움직일 능력이 없지.

머리통만 남아서 뭘 할 수 있겠는가?

그저 떠들어 대는 것밖에 할 수 있는 일이 없다.

"제기랄! 어째서냐! 어째서 그분께서 이런……."

천사의 손아귀에 붙잡힌 무왕 갤러드의 머리통이 치를 떨었다.

물론 카르나크는 개의치 않았다.

'이제 여기서 레번의 영혼만 거두면 되겠지만.'

하지만 그는 오히려 천사를 움직여 머리통을 멀리 던져 버렸다.

날아간 갤러드의 머리가 허공에서 멈추더니, 급격한 어둠을 발했다.

파아아아앗!

동시에 검은 구멍이 열리며 새까만 촉수가 솟구쳐 잘린 머리를 감쌌다.

다들 놀라 안색을 굳혔다.

"엇!"

"저, 저건?"

다만 카르나크는 놀라지 않았다.

"그래, 이렇게 되겠지."

빛의 창으로 심장을 꿰뚫을 때 이미 상황은 파악했다.

지금 갤러드의 육체에서 펼쳐지는 것은 영혼 수거술. 공허 너머의 테스라낙이 미래 레번의 영혼을 탈환하기 위해 미리 준비해 둔 수법이다.

이제 와서 카르나크가 손을 쓰기엔 늦었다. 저쪽 술법이 먼저 발동해 버렸다.

상대의 역량이 많이 떨어진다면 뒤늦게라도 가로챌 수 있겠지만, 아쉽게도 눈앞에 펼쳐진 사령술의 수준이 너무 높다.

일반적인 기준이 아니라 사령왕의 기준으로 봐도 상당히 고난이도다.

'이건 못 가로채겠군.'

그렇다고 딱히 아쉬워할 일만은 아니었다.

영혼 수거술이 먼저 발동한 덕분에 미래 레번이 도중에 멈춰 버렸고, 그래서 카르나크가 한 박자 늦었음에도 오히려 상대의 심장을 찌를 수 있었으니까.

쉽게 말해, 저게 발동하지 않았다면 미래 레번이 이겼을 것이란 소리였다.

'무슨 수작이냐, 테스라낙.'

공허가 갤러드의 머리에서 영혼을 빨아들인다.

그 모습을 지켜보며 카르나크는 인상을 썼다.

'이러면 처음부터 패하라고 레번을 보낸 것이나 다름없잖
아?'

공허의 문이 사라졌다. 미래 레번의 영혼 역시 함께 사라
져 버렸다.

남은 것은 죽어 버린 갤러드의 시신뿐.

카르나크는 광익의 천사를 풀었다.

빛이 사라지고, 흑발의 청년이 다시 모습을 드러냈다.

"으윽!"

육체의 고통을 느끼며 카르나크는 잠시 신음을 흘렸다.

'역시 사령력이 몸에 부담을 꽤 주었나?'

엄밀히 말하면 마령술, 광익의 천사는 강력한 천사의 힘을
취하는 수법이 아니다. 강신술, 혼돈의 마왕을 펼친 뒤 거기
에 빛을 덮어씌워서 위장하는 수법이지.

그가 보인 전투력 자체는 온전히 혼돈의 마왕으로부터 비
롯되었다.

사령관
카르나크

엄연히 사령술이고, 사용하는 권능도 사령력인 것이다.

예전에 레번이 스치듯 던진 질문이 있다.

-사령력을 마력으로 바꾼 것이 혼돈마력이라 하셨죠? 그럼 혼돈마력을 사령력으로 되돌릴 수도 있습니까?

딱히 사령술에 전념할 생각은 여전히 없었다. 그렇지만 만일을 대비해 둘 필요도 있겠다 싶어 이후 시간 날 때마다 연구를 해 왔다.

왕년의 사령왕답게, 일단 작정하고 파고드니 그럭저럭 두기운을 전환시키는 방법을 찾아낸 것이다.

동시에 사령력의 부작용도 그대로 남았지만.

'그런데, 생각보다 부작용이 크지 않네?'

육체 컨디션을 살피며 카르나크는 살짝 놀랐다.

사령왕이라 불리던 시절보다 월등히 결과가 좋았다.

이 정도면 딱히 언데드화를 걱정할 필요 없이, 잘 먹고 푹쉬면 될 정도였다.

'운동 좀 했다고 이렇게까지 효율 차이가 난다고?'

지금의 카르나크가 무슨 엄청난 근육질 전사가 된 것도 아니다. 그냥 건강한 성인 장정 수준일 뿐이다.

'그럼에도 이 정도라니…….'

전생 때의 그는 사령술의 극의에 도달해 더 이상 나아갈

길이 없었다.

그래서 더 높은 경지를 위해 쓸모없는 육체를 버리고 초월체, 아스트라 슈나프가 되는 길을 택했다.

'그런데 실은 그냥 운동 좀 열심히 했으면 해결되는 문제였나?'

뭔가 굉장히 억울해지는 감이 없지 않다.

하지만 그는 이내 쓴웃음을 지었다.

아마 저 사실을 알았어도 그는 결국 아스트라 슈나프가 되었을 것이다.

'에이, 당시의 내가 운동을 했을 리가 없지.'

인간이란 종자는, 진짜 절실하게 실감하기 전엔 절대 바뀌지 않는 법이거든.

'다행히 지금은 늦지 않았으니 더욱 몸에 신경을 써야겠군.'

어쨌거나 마령술, 광익의 천사는 기대 이상의 결과를 가져다주었다.

아쉽게도 미래 레번의 영혼을 확보하진 못했지만, 그래도 무왕을 상대할 수 있다는 걸 확인한 점은 큰 성과다.

'그나저나 테스라낙이란 놈은 대체 무슨 꿍꿍이인 거지?'

아무리 생각해도 저 상황에서 일부러 미래 레번을 패하게 만들 이유가 뭔지 감도 안 잡힌다.

게다가 이상한 점은 또 있다.

휴델의 기억을 통해 확인한 바에 따르면, 엘레자르는 분명히 라피셀의 정체를 짐작하고 있었다.

그런데 정작 미래 레번은 그녀를 전혀 알아보지 못한 것이다.

그래서 그녀의 기량을 보고 내내 놀라워하지 않았나?

'설마 엘레자르가 깜빡하고 알려 주지 않았나?'

이건 지나치게 말이 안 된다.

아무리 검은 신의 교단이 서로 소통이 안 된다곤 해도 그렇지, 무려 4대 무왕 중 1명에 대한 정보였다.

그런 중대한 사항을 깜빡한다는 게 말이나 되나?

'이건 일부러 감췄다고밖에는 설명이 안 되는데…….'

대체 왜? 왜 저 사실을 동료들에게 알리지 않는단 말인가?

정보 조작을 할 필요가 있어서?

'그런 이유라면 적의 정보를 조작해야지, 왜 아군의 정보를 조작하는 건데?'

<hr />

스트라우스 성채 본성은 말 그대로 쑥대밭이 되어 있었다.

나름대로 전투를 위해 세운 튼튼한 성이지만, 카르나크와 미래 레번의 전투를 버티기엔 역부족이었던 것이다.

사방에 널브러진 돌무더기 사이를 건너뛰며 카르나크는

일행에게 돌아왔다.

"다들 몸은 괜찮……."

질문하려다 말고 그는 입을 다물었다.

굳이 물어볼 필요가 없었다. 그냥 눈으로 보기만 해도 답을 들은 것이나 다름없었다.

그만큼 다들 몸 상태가 엉망이었다.

오러를 이용해 지혈을 하고 고통 역시 완화시키곤 있지만, 그렇다 해서 심각한 부상이 완치되는 것은 아니다.

바로스가 비틀거리며 몸을 일으켰다.

"아그극!"

가장 적극적으로 덤벼들었기에 부상도 가장 컸다.

잠시 신음을 토한 뒤 그가 어깨를 으쓱거렸다.

"아파 죽겠지만 안 죽었으니 됐죠. 무왕이랑 싸우고 이걸로 끝났는데 여기서 더 바라면 욕심이지."

가장 적극적으로 공격을 당했던 세라티도 상태는 마찬가지였다.

그녀가 힘겹게 고개를 끄덕였다.

"그럭저럭 움직일 순 있어요. 한동안 검을 들진 못할 것 같지만요."

그나마 레번은 멀쩡한 편이었다. 어디까지나 상대적인 이야기지만.

"저는……."

대답하다 말고 레번이 말미를 흐렸다.

머릿속이 복잡해서 뭔가 말이 잘 나오지 않았다.

아버지가 죽었다. 형도 죽었다. 심지어 둘 다 시체조차 농락당하는 비참한 최후를 맞이했다.

갑자기 가족이 모두 사라져 버린 것이다.

분명 슬퍼해야겠지만, 그리고 슬픈 것도 일부 사실이긴 하지만…….

지금 이 순간 가슴을 후벼 파는 이 감정은 저런 단어 하나만으로 딱 정의되는 것이 아니었다.

"아무래도 저는…….."

레번이 더듬거리며 말을 이었다.

"……바빠지겠군요, 앞으로."

카르나크가 고개를 끄덕였다.

"그렇겠지."

한 가문의 수장과 후계자가 모두 사라졌다. 이제 스트라우스 공작가를 이을 책임은 레번의 양어깨에 놓였다.

에밀이라는 위대한 형이 있어 평생 한 번도 자신의 것이 될 거라 여긴 적 없던 무거운 책임이.

"……잠깐만요."

순간 레번의 안색이 굳었다.

갤러드의 경우 때문에 무심코 죽었다고 여겼는데, 막상 생각해 보니 아직 에밀 스트라우스의 죽음은 확인한 적이 없었다.

"에밀 형님은 어떻게 된 거죠?"

그러자 카르나크와 바로스의 표정도 비슷해졌다.

"어?"

"그러게요?"

미래 레번은 에밀 스트라우스의 육체를 버리고 무왕 갤러드로 옮겨 갔다.

그 결과, 에밀의 몸은 그 자리에 픽 쓰러져 버렸지.

"그러니까, 이 근처 어딘가에……."

중얼거리며 주위를 둘러본 세라티의 안색이 창백해졌다.

아까도 말했지만, 이 일대는 완전히 쑥대밭이 된 상태다.

마당 여기저기가 파헤쳐지고 뒤집어졌으며, 온갖 집채만한 바위가 곳곳을 굴러다닌다.

"설마 저기 어딘가에 깔린 거 아니에요?"

"헉!"

놀라 다들 마당 여기저기를 뒤졌다. 하지만 아무리 찾아봐도 에밀 스트라우스를 찾을 수 없었다.

세라티가 카르나크를 돌아보며 물었다.

"미래의 레번 경이 에밀 경의 몸을 떠났으면, 그 몸은 어떻게 되는 건가요?"

"뭐가 어떻게 돼?"

"죽어 버리는 건지, 아니면 도로 에밀 경으로 돌아오는 건지 말이에요."

"어, 그게……."

카르나크가 난처해하며 대꾸했다.

"그건 쓰러졌을 때의 상태를 봐야 알 수 있는데?"

어느 쪽이건 사령술의 이치에 벗어나지 않기에, 아무리 그라도 아무 단서 없이 상황을 짐작할 순 없었다.

"누군가 확인한 사람 있어? 당시 에밀이 죽은 건지 기절한 건지."

레번과 세라티가 멍하니 고개를 저었다.

"모, 모르겠습니다."

"저도요."

바로스가 쓴웃음을 지었다.

"애초에 그럴 겨를이 없었죠. 에밀 경의 몸을 버리자마자 무왕 갤러드가 나타났잖습니까?"

눈앞에 사람이 쓰러져 있다 치자.

그러나 몇 발자국 떨어진 곳에 성난 호랑이가 떡 버티고 있다면, 그 사람이 죽었는지 살았는지 확인해 볼 생각이 들까, 과연?

"다들 온 신경이 거기로 쏠렸죠."

"하긴, 나도 그랬지."

카르나크조차도 갤러드의 존재감에 압도되어 에밀의 존재를 뇌리에서 싹 지웠으니 저들을 탓할 자격이 없다.

턱을 만지며 그가 인상을 썼다.

"아니, 그럼 이 에밀이란 놈은 어디 간 거야?"

에밀 스트라우스가 사라졌다.

죽었는지, 아직 살아 있는지는 모르지만.

그 순간 카르나크는 깨달았다.

"이거, 어느 쪽이 되더라도 상황이 상당히 괴상해지는데?"

만약 죽은 것이라면 누군가가 시체를 가져갔다는 소리가 된다.

왜 가져갔는지는 짐작하기 어렵지 않았다.

무왕 갤러드 정도까진 아니겠지만 에밀 스트라우스의 시체도 상당한 가능성을 내재하고 있다.

데스 나이트, 혹은 그게 아니더라도 강력한 언데드로 부활시켜서 써먹을 수 있는 것이다.

"그래, 시체를 챙겨 갈 이유야 있겠지만⋯⋯."

주위를 둘러보며 카르나크는 한쪽 눈을 치켜떴다.

"⋯⋯이 상황에서?"

무왕 갤러드의 육신을 입은 미래 레번과 본격적으로 사령술을 발동한 카르나크, 그리고 바로스 등 강력한 오러 유저들이 전부 한자리에 있었다.

"그런데 우리 눈을 모두 속이고 이곳까지 잠입해서, 무슨 작은 물건도 아니고 사람 하나를 들고 갔다고? 게다가 그걸 아무도 눈치 못 챘고? 이게 말이 되냐?"

바로스가 그럴 수도 있다며 고개를 끄덕였다.

"워낙 난리 통이었잖습니까? 솔직히 누가 오고 가는지 신경 쓸 겨를이 없었죠."

"그래, 사실 우리도 전투에만 집중했으니 눈치 못 챘을 수 있어."

분명히, 다들 목숨이 오락가락하는 상황이다 보니 주변엔 전혀 신경을 쓰지 못했다.

그러니 쥐새끼처럼 몰래 다가오는 것 자체는 불가능한 일이 아니라고 치자.

"그럼 에밀의 시체를 챙겨 간 놈은 목숨이 오락가락하는 이 난리 통 속에서 사람 하나를 들고 갔다는 소리가 되는데? 검은 신의 교단에 그렇게 용맹하신 영웅이 있던가?"

"그건 확실히 이상하네요."

그렇다면 에밀은 살아 있었고, 그래서 스스로 이 자리를 벗어난 것일까?

"이것도 좀 이상하지. 에밀이 정신을 차렸다는 소리잖아?"

빙의를 시도해 타인의 육체를 차지할 경우, 원래 육체 주인의 영혼의 상태는 보통 셋 중 하나다.

자신의 육체에서 쫓겨나 망령이 되거나, 육체 속에 봉인되어 의식을 잃거나, 아니면 바로스에게 몸을 내줬던 세라티의 경우처럼 육체의 제어권만 잃거나.

망령이 된 경우였다면, 미래 레번이 사라졌을 때 에밀의 육체도 시체가 되었겠지.

하지만 2번과 3번의 경우라면 에밀의 의식이 도로 몸을 차지하게 된다.

"정신 차린 에밀이 왜 구해 준 우리를 피해 일부러 도망을 가는데?"

"그것도 그렇군요."

옆에서 이야기를 듣던 세라티가 조심스레 물었다.

"이런 경우는요?"

"어떤 경우?"

"에밀의 시체가 저절로 움직여서 도망친 경우요."

옛 시절 같으면 참 말도 안 되는 소리지만, 요샌 시절이 하수상해서 저런 경우도 은근히 흔하다.

카르나크가 피식 웃었다.

"에이, 그건 아니지."

"어떻게 그렇게 확신을 하시는데요?"

"나니까."

이래 봬도 왕년엔 사령왕이라 불린 몸이시다.

시체가 저절로 움직였다는 건 사령술이 발동되었다는 소린데, 다른 건 몰라도 사령술 관련만큼은 그의 감각을 속일 수 없는 것이다!

세라티가 눈을 흘겼다.

"정말 확신할 수 있는 것 맞아요?"

"무슨 말을 하고 싶은 건데?"

"테스라낙이 관여되면 상식이 자꾸 깨진다면서요. 그럼 카르나크 님 모르게 발동되는 사령술도 없으리란 법은 없잖아요?"

카르나크의 표정이 살짝 굳었다.

"그, 그건 맞는 말이군."

인정하기엔 자존심이 살짝 아프지만, 그래도 세라티가 틀린 말을 한 건 아니었다.

'아무래도 이 문제에 대해선 따로 시간을 내서 파고들 필요가 있을 것 같군.'

어쨌든 이건 이 자리에서 해결할 수 있는 추측이 아니었다. 그리고 지금은 보다 급히 해결해야 할 문제가 있었다.

카르나크가 성벽 너머를 바라보았다.

여전히 성채 곳곳에서 산발적인 소요가 이어지는 중이다. 어서 상황을 정리할 필요가 있다.

"바로스, 가서 우리가 이겼으니 다들 항복하라고 권해."

바로스가 난처해하며 물었다.

"어떻게 말입니까? 에밀 경을 제압한 것도 아닌데."

이들이 쓰러뜨린 건 에밀 스트라우스가 아니라 무왕 갤러드였다.

"아니면 갤러드의 머리라도 들고 가서 외쳐 볼까요? 너희들의 수장은 우리가 목을 쳤다!"

"하긴, 갤러드의 목을 들고 가서 딱히 좋은 꼴을 볼 것 같지는 않구만."

둘의 대화가 이어질수록 레번의 안색이 어두워진다.

보다 못한 세라티가 옆에서 끼어들었다.

"저기, 바로 옆에 고인의 혈육이 있거든요? 말씀 좀 조심해서 하시지 그래요?"

물론 이 인간 말종 두 놈은 전혀 이해하지 못했지만.

"응? 왜요?"

"우리가 뭘 잘못했는데?"

"……."

어이가 없어 세라티가 말문을 잃었다.

한숨을 쉬며 레번이 고개를 저었다.

"제가 하겠습니다. 에밀 형님이 없더라도 제가 말하면 먹히겠지요."

한바탕 수라장이 끝난 후 레번이 무사한 모습으로 나타난다면 그것만으로도 승패의 결과를 증명하는 것이나 다름이 없다.

"그동안 세라티 경이 아버님의 시신을 좀 수습해 주시겠습니까?"

여전히 침울한 얼굴의 레번을 보며 세라티가 고개를 끄덕였다.

"그럴게요. 저 둘은 정말 아무 도움도 안 될 것 같으니까요."

여전히 카르나크와 바로스는 그녀의 반응을 이해 못 하고 있었다.

"아니, 우리가 뭘 잘못했다는 거야, 그래서?"

"뭐, 잘못했나 보죠. 저쪽이 틀렸겠어요? 우리가 틀렸겠지."

"하긴 그래."

레번이 나서자 상황은 빠르게 정리되었다.

무왕 갤러드의 죽음을 안 카이론과 스트라우스 가문의 기사들은 크게 분노했고, 그 분노의 칼날은 당연히 검은 신의 교단으로 향했다.

방금 전까지 죽어라 싸우던 아크 리치 4인과 스트라우스 가문의 오러 유저들이 힘을 합쳐 사교단의 사령술사들을 공격하기 시작했다.

스트라우스 측 병사들 역시 토벌군과 손잡고 언데드 병사들을 덮쳤다.

이 상황에서 스트라우스의 반역자들, 그리고 검은 신의 사교도들이 뭘 할 수 있겠는가?

동이 틀 무렵엔 대부분의 사교도들이 죽거나 붙잡혔다.

복수가 끝나자 스트라우스 가문의 기사들은 스스로 무장을 해제하고 항복했다.

자신들은 죄인 중의 죄인이니 그저 여신교단의 처분을 바랄 뿐이라며 무릎을 꿇은 것이다.

그렇게 스트라우스 토벌전은 많은 피해만을 남긴 채 마무리 짓게 되었다.

전후 처리라는 건 언제나 피곤한 법이다.

특히나 카르나크는 토벌군 총사령관이었다 보니 귀찮은 일들도 남들보다 배는 더 많았다.

"아, 은근히 잡스러운 일 투성이네, 이거."

그럭저럭 급한 일들을 처리하고 나서야 잠시 휴식 시간을 가질 수 있었다.

그러던 중이었다.

문득 막사 밖에서 목소리가 들렸다.

"잠시 들어가도 되겠습니까, 카르나크 공?"

'알리우스? 정신없이 바쁠 텐데 무슨 일이지?'

성직자야말로 전후 처리 때 가장 바쁜 직종 중 하나다.

온갖 부상자를 돌봐야 하고 사망한 자들의 시체도 처리해야 하며 죽은 자를 위한 기도도 올려야 한다.

게다가 요즘 세상은 언데드가 워낙 창궐하니, 전장을 정화하는 추가 일거리까지 생겼다.

　의아해하며 카르나크가 입을 열었다.

　"들어오십시오."

　막사 안으로 들어선 알리우스의 표정이 어째 굳어 있었다.

　살짝 걱정하며 카르나크가 물었다.

　"무슨 일입니까? 설마 라피셀이⋯⋯."

　미래 레번과의 전투로 부상을 입고 혼절한 라피셀은 그 뒤에 알리우스가 수습해 치유술을 받고 누워 있는 중이다.

　지금 알리우스가 안 좋은 얼굴로 나타났다면, 라피셀에게 뭔 일이라도 생긴 걸까?

　그건 아닌 듯했다.

　"라피셀 양은 별일 없습니다. 치유술을 펼쳤으니 반나절쯤 뒤엔 눈을 뜨겠지요."

　"다행이군요."

　잠시 안도한 카르나크는 다시 의아해했다.

　'그럼 알리우스는 왜?'

　막사로 들어선 알리우스는 내내 뭔가를 주저하는 것처럼 보였다. 쉽게 말을 꺼내지 못하는 것 같은 표정이었다.

　"제게 하고 싶은 말이 있는 겁니까?"

　카르나크가 단도직입적으로 묻자, 그제야 알리우스가 입을 열었다.

"제 감각이 틀렸다고 믿고 싶지만, 아무리 생각해도 틀리지 않았더군요……."

그가 카르나크를 똑바로 응시했다.

"카르나크 공."

그리고 차가운 목소리로 물었다.

"당신은 사령술사입니까?"

보통 사람이었다면 이 순간 가슴이 철렁했을 것이다.

하지만 카르나크는 태연했다.

죄 많이 지은 놈답게, 이런 불시(?)의 의심은 살아오며 수백 번도 더 겪어 본 것이다.

"사법의 중개자를 말씀하시는 겁니까? 이미 알고 계시지 않습니까?"

알리우스가 깊게 한숨을 쉬었다.

"그런 식일 거라 생각했습니다. 그렇게 믿고 싶기도 했고요."

그래서 광익의 천사에서 느껴지던 희미한 어둠 역시 비슷한 것이 아닐까 여기려 했다.

하지만 아무리 고민해 봐도 카르나크가 그 상황에서 사법의 중개자를 써야 할 이유를 찾지 못한 것이다.

사법의 중개자는 어디까지나 사령술사를 속이기 위한 비책일 뿐이니까.

적어도 카르나크는 그렇게 주장하고 있으니까.

하지만 실은 다른 의미가 있다면…….

"해명해 주실 수 있습니까?"

알리우스가 손아귀의 지팡이를 굳게 쥐었다.

"대체 그 상황에서 사법의 중개자를 펼쳐야 할 이유가 뭐였는지."

카르나크의 반응에 따라, 신성술을 구사해야 할지 말아야 할지를 결정하게 된다.

차가운 알리우스의 시선에 카르나크는 피식 웃었다.

"해명이라……."

뭐랄까, 어쩌다가 이런 오해를 사게 된 건지 모르겠다는 듯한 표정이었다.

알리우스는 순간 안도했다.

정말 지은 죄가 있다면 저렇게까지 천연덕스러운 반응을 보일 수는 없을 것 같았다.

카르나크가 어깨를 으쓱였다.

"알겠습니다. 해명하지요."

동시에 알리우스의 양팔을 누군가가 붙잡았다.

'앗?'

놀란 알리우스가 소리를 지르려 했다. 하지만 혀가 움직이지 않았다.

양팔을 타고 흐르는 무형의 기운, 오러가 전신을 마비시킨 탓이다.

어느새 금발의 건장한 청년이 그의 왼팔을, 붉은 머리의 미녀가 오른팔을 각각 붙잡고 있었던 것이다.

'바로스 경, 세라티 경?'

대체 언제 이들이 이 자리에 나타났는가?

'분명히 조금 전까지 막사 안에는 카르나크 공 1명뿐이었는데?'

카르나크가 오른손을 든 채 알리우스에게 다가왔다.

알리우스의 눈동자가 격하게 흔들렸다. 그의 오른손 검지에 정체 모를 마력의 바늘이 솟구쳐 있었다.

그걸 그대로 알리우스의 정수리에 내리꽂는다!

"해! 명!"

푹!

눈알을 까뒤집으며 알리우스가 전신을 바들바들 떨기 시작했다.

그렇다.

어설프게 해명하느니 차라리 바늘 꽂아서 기억을 조작하기로 작정한 것이다.

아까부터 카르나크가 은근슬쩍 시간을 끌었던 이유가 이것이었다.

겉으론 알리우스를 상대하는 척하며 밖에 있던 바로스와 세라티를 비밀 전언으로 불러 사정을 설명해야 했으니까.

옆에서 붙잡고 있던 바로스가 힐끔 보더니 감탄을 흘렸다.

"오, 이번엔 게거품은 안 무네요?"

당연한 것 아니냐며 카르나크가 당당하게 대꾸했다.

"당연하지. 다른 사람도 아니고 알리우스인데? 이 정도 성의는 보이는 게 예의지."

영 찜찜한 얼굴로 카르나크를 돌아보며 세라티가 인상을 구겼다.

"……정말 이래도 되는 거예요?"

"걱정 마. 다른 사람도 아니고 우리 알리우스인데 대충 하겠어?"

굉장히 심혈을 기울여, 매우 안전하게 기억을 조작할 셈이었다.

"그동안 신세 진 게 얼마인데? 무사히 시술하려고 고생 많이 했다고."

한없이 당당한 카르나크의 모습에 세라티는 한숨을 쉬었다.

"하긴, 목 잘리는 것보단 낫겠죠."

솔직히 말하면, 그녀도 내심 이 정도면 꽤나 무난한 해결법이라고 생각하고 있었다.

이래서 근묵자흑이란 격언이 세간에 길이길이 전해져 내려오는 모양이었다.

'어휴, 나 대체 얼마나 물들어 버린 거지, 이거.'

기억 조작.

말은 간단하지만 실제로는 엄청나게 복잡한 공정을 필요로 하는 작업이다.

단순히 사령력이 높다 해서, 사령술의 경지가 깊다 해서 기억 조작을 더 쉽게 하는 건 아니다.

기절한 알리우스의 정수리에 손을 갖다 댄 채 카르나크가 말했다.

"사실 기억 조작 자체는 누구나 할 수 있잖아?"

몽둥이로 뒤통수만 후려갈겨도 기억 조작은 가능한 법이다.

"부작용이 크고 실패 확률이 높아서 문제지만."

중요한 것은 원하는 기억을, 원하는 만큼 세밀하게 조작하는 것.

"일단 의심받았던 부분을 지운다."

희미한 마력이 바늘을 타고 흘러 알리우스의 기억 중추를 건드린다.

알리우스의 전신이 잠시 파르르 떨었다.

이걸로 그는 이제 특정 시점 이후의 기억을 일부 잃게 되었다. 정확히는, 라피셀과 함께 미래 레번의 공세를 받고 날아간 이후의 기억이다.

이제 알리우스는 저 시점에서 기절해 아무것도 기억하지 못하는 것처럼 느끼게 될 것이다.

"여기까지는 쉽지."

문제는 이다음이었다.

"전후 처리 시의 기억을 조작해야 해."

알리우스가 미래 레번과 싸웠던 현장에서 의문을 제기했다면 일은 깔끔하게 해결되었을 터였다.

그대로 기억 지운 뒤 다시 깨워서 '댁 칼침 맞고 날아가서 기절했어.'라고 설명해 주면 끝이니까.

하지만 알리우스는 그 이후에도 한참을 더 홀로 끙끙대다가, 이제야 카르나크를 찾아 해명을 요구했다.

그런데 여기서 광익의 천사를 목격했던 기억만 지워 버리면 어떻게 될까?

알리우스는 분명히 광익의 천사를 본 적이 없는데, 전투가 끝난 후 광익의 천사를 펼친 카르나크에 대해 의문을 품고 고민한 기억은 여전히 머릿속에 남아 있게 된다.

기억에 모순이 생기는 것이다.

의심한 기억, 고민한 기억은 있는데 이유가 사라졌다?

대체 누굴 의심한 것이고 뭘 고민한 것인지 알 수 없다?

"이러면 사람 미치는 거지."

기억 조작의 진짜 어려운 점은 바로 이 부분이다.

어느 한 시점을 지우거나 조작한다고 끝이 아니라, 그 이후의 기억까지 자연스럽게 건드려 모순을 없애야 한다.

"일단 깨어난 기억을 주입한다."

당시 알리우스는 라피셀에게 치유술을 펼친 뒤 탈진해 한동안 부서진 본성 담벼락에 기대어 쉬고 있었다.

이때의 기억을 살짝 고쳤다.

라피셀과 함께 기절했고, 이후에 그를 카르나크 일행이 깨운 것처럼 위장했다.

이는 새로운 기억을 창조해야 하는 과정이라 사실 쉬운 일이 아니었다. 그래서 알리우스가 지닌 기존의 기억 정보를 토대로 재구축했다.

과거의 기억을 토대로 새로운 기억을 재창조하는 것 또한 어지간한 사령술사는 꿈도 못 꿀 정도로 난해한 작업이지만 카르나크 입장에선 그다지 어렵지 않았다.

예전에도 알리우스는 전투 중 쓰러졌다가 카르나크와 바로스에 의해 깨어난 전적이 있었다. 그것과 연결해 자연스럽게 기억을 연결시켰다.

"좋아, 여기까진 성공."

이다음부터는 꽤나 까다로워진다.

전후 처리를 하면서 알리우스는 내내 카르나크를 의심했을 텐데, 그 전체적인 기억을 어떻게 건드려야 모순을 없앨 수 있을까?

바로스가 슬쩍 물었다.

"그냥 다른 기억을 만들어서 심어 버리는 건 안 돼요?"

"오래된 기억이라면 충분히 가능하지."

사실 오랜 기억을 바꾸는 것은 굳이 사령술까지 쓸 필요도 없다. 그냥 평범한 세뇌로도 충분하다.

어릴 적 성추행당한 경험이 없음에도 그런 일이 있었다고 주야장천 떠들어 대면 진짜로 그런 기억이 머릿속에 생겨 버리는 것처럼.

하지만 그건 진짜 오래된 기억일 때의 이야기다.

"최근의 명확한 기억은 저런 식으로 바꿀 수 없어."

이는 강대한 권능이나 엄청난 마력 같은 것이 필요한 작업이 아니다.

정보를 얼마나 잘 창조할 수 있는가 하는 능력만을 요구하지.

"바로스, 네가 오늘 하루 있었던 사건 정보를 전부 글과 그림으로 바꾸려면 어떻게 해야겠어?"

"네?"

잠시 고개를 갸웃거리더니 그가 물었다.

"일기를 쓰란 말씀입니까?"

"단순한 일기 정도가 아니라 모든 사건 정보 말이야."

피식 웃더니 카르나크가 말을 덧붙였다.

"오늘 두 눈으로 본 모든 광경, 양 귀로 들은 모든 소리, 자신이 먹고 마시고 흘린 모든 것들, 느끼고 경험한 세상 그 자체의 정보를 말이지."

"어, 무슨 말씀인지 모르겠는뎁쇼."

"하긴, 마법사가 아니면 이해하기 힘들겠군."

카르나크는 어깨를 으쓱였다.

"요약하자면, 오늘 하루 동안 알리우스가 겪은 세상 자체를 재창조해야 한다는 소리야. 서류로만 작성한다 쳐도 최소 수십 권은 될걸."

그래서 누군가의 기억을 완전히 새롭게 재구성하는 건 불가능하다. 너무나 정보가 방대한 것이다.

그래서 카르나크는 타인의 기억을 조작할 때 주로 바꿔치기를 애용했다.

완전히 다른 기억을 심는 게 아니라, 기존의 인물에 대한 기억에 다른 인물을 집어넣어 술식의 대상자가 스스로 모자란 기억을 끼워 맞추게 만드는 식이었다.

"인간의 기억은 때론 세심하지만 때로는 굉장히 둔하지. 그래서 어느 정도의 오류는 스스로 수복해 버려."

예를 들어, 마이클이란 사람이 살인을 저질렀다 치자.

이 기억을 바꾸기 위해 마이크라는 사람이 살인을 저지른 것으로 기억 속 이름을 살짝 바꾼다.

이 마이크가 실제 현실에 존재한다면, 살인에 대한 기억 역시 그에 대한 정보로 바뀌는 것이다.

"나 대신 의심할 만한 인물을 던져 주면 알리우스의 기억도 자연스럽게 그에 맞춰 조정될 거다."

옆에서 듣고 있던 세라티가 멍한 표정을 지었다.

뭔가 설명을 들을수록 이해가 갈 듯 말 듯 하다.

하지만 한 가지는 확실히 알겠다.

"……결국 또 남에게 뒤집어씌우겠다는 소리네요?"

"그래서 뒤집어써도 억울하지 않을 인물을 골랐지."

실버 나이트 카이론이 그 대상이었다.

"카르나크, 카이론. 마침 이름도 비슷하잖아?"

알리우스가 사령술사로 의심한 이가 카르나크가 아닌 카이론으로 바뀌었다.

그에 맞춰 알리우스의 기억 흐름도 변했다.

의심한 이유는, 항복한 카이론을 상대하던 와중 그에게서 희미한 어둠의 기운을 느꼈기 때문.

카이론 경이 비록 반역을 저질렀다 하나 어디까지나 갤러드가 인질로 잡혔기 때문이다. 실제로 갤러드의 죽음이 확인되자 그는 곧바로 올바른 여신의 길을 따랐다.

그런 이를 함부로 사령술사로 의심하는 것은 쉽게 할 수 있는 일이 아니니, 카르나크와 의논을 하기 위해 그를 찾았다.

"좋아, 이걸로 적당히 비슷하면서도 다른 상황이 만들어졌다."

이 경우 카이론 경이 애먼 의심을 받겠지만 별문제는 없다. 실제로 사령술사가 아니니까.

"그냥 검사 좀 자세히 받은 뒤 알리우스가 착각한 것으로 넘어가겠지."

기억 조작이 끝나자 바로스와 세라티는 알리우스를 의자에 앉힌 뒤 막사 밖으로 나갔다.

잠시 후 알리우스가 정신을 차렸다.

워낙 자연스럽게 기억을 연결시켰기에, 그는 자신이 기절한 줄도 모르고 있었다.

카르나크가 천연덕스럽게 질문을 다시 던졌다.

"제게 하고 싶은 말이 있는 겁니까?"

한 번 했던 대화가 반복되었다.

"제 감각이 틀렸다고 믿고 싶지만, 아무리 생각해도 틀리지 않았더군요……."

그리고 다른 대화로 이어진다.

"카이론 경이 사령술사일지도 모르겠습니다. 하지만 실버 나이트를 어둠의 주구로 의심하는 것은 함부로 할 수 있는 일이 아닌지라……."

"과연, 보통 문제가 아니군요."

짐짓 고민하는 척하며 카르나크가 대꾸했다.

"하지만 반대로 말하면, 지금이야말로 별문제 없이 심문할 기회가 아닐까요? 상황이야 어찌 되었건 카이론 경은 여신을 거역한 죄가 있으니까요."

"하긴 그렇군요."

납득하며 알리우스가 몸을 일으켰다.

"카르나크 공 덕분에 마음을 굳혔습니다. 카이론 경을 심문해야겠군요. 물론 최대한 예의를 지켜서 말이지요."

홀가분한 표정으로 알리우스는 막사 밖으로 나갔다.

그리고 바로스와 세라티가 다시 막사 안으로 들어왔다.

바깥쪽을 힐끔거리며 세라티가 중얼거렸다.

"진짜 신기하네요."

그녀는 막사를 나서는 알리우스를 보았다.

그의 표정엔 분명 조금의 어색함이나 의문도 남아 있지 않았다.

"기억 속 이름을 바꾸는 것만으로 저렇게 자연스럽게 상황이 흘러가나요?"

"말했잖아, 기억에는 자가 수복력이 있다고."

모순을 없애기 위해 스스로 오류를 끼워 맞추는 것이 기억.

가장 주체가 되는 이름을 바꿔 버림으로써, 이름의 원주인이 행한 모든 것이 바뀐 이름의 것으로 대체되어 버린다.

"그래서 사령술에서는, 이름을 훔치는 것이 운명을 훔치는 것이라고도 하지."

～✳～

완전히 반란을 진압한 토벌군은 위풍당당하게 회군했다.

그리고 모두의 찬사 속에서 해산, 각자의 국가로 돌아갔다.

깔끔하게 모든 일을 마무리 지은 셈이었다.

이후 세간의 시선은 남은 스트라우스 공작가로 향했다.

수장이었던 무왕 갤러드가 죽었다.

후계자인 에밀 스트라우스는 생사를 알 수 없고, 설령 살아 도망쳤다 해도 왕가와 여신의 반역자가 되었다.

실버 나이트 카이론을 비롯해 가문의 주력인 기사들은 전원 자신의 죄를 인정하고 처분만을 기다리고 있다.

그야말로 가문이 통째로 뒤흔들린 것이다.

이제 저 위대한 무가는 어떻게 될 것인가?

⊰⊱

에트리얼 왕국 중부, 델피아드 지방의 스트라우스 저택.

집으로 돌아온 레번은 가신단과 기사들을 상대하고 있었다.

"이제 레번 공자님께서 스트라우스의 유일한 직계이십니다."

"그러니 갤러드 님의 장례가 끝나는 대로 가주의 자리에 오르셔야 합니다만……."

레번의 혈통이 워낙 굳건하니, 그가 가주 위에 오르는 것에는 아무 문제도 없었다.

하나 다른 문제가 있었다.

스트라우스 가문의 주인은 단순한 고위 귀족이 아니다.

위대한 이름, 델피아드의 무왕을 계승하는 자다.

그런데 이 젊은 가주를 무왕으로 이끌어 줄 이가 사라져 버린 것이다. 갤러드가 가르침을 채 내리기도 전에 죽었으니까.

아무리 레번의 재능이 출중해도, 가르칠 사람이 없는데 어찌 차대 델피아드의 무왕이 될 수 있겠는가?

"이를 어찌하면 좋겠습니까?"

"카이론 경이나, 다른 분들의 도움을 받으면 되지 않을까요?"

스트라우스 가문에는 갤러드 말고도 강자들이 꽤나 상주하고 있었다.

실버 나이트인 카이론이 있고, 자색급의 경지에 오른 기사도 둘이나 존재한다.

"레번 공자님도 이 젊은 나이에 청색급의 경지라 들었습니다. 재능은 충분하시니 그들의 도움을 받는다면 차후에 익히 무왕의 경지에 오를 수 있지 않을까⋯⋯."

기사들이 고개를 저었다.

"쉽지 않은 이야기입니다."

그들이 강한 것은 사실이다. 하지만 그들 중 누구도 델피아드 검투술의 진정한 정수에 다다르진 못했다.

스트라우스 가문이 대대로 무왕을 배출해 내는 것은, 그 델피아드 검투술의 진정한 정수 속에 제자의 재능을 100퍼센트 개화시키는 비법도 있기 때문.

"그렇다고 포기할 순 없지 않습니까?"

"지금이라도 그분들을 초빙하지요."

"그리고 공자님께서 10여 년 정도 두문불출해 수행을 쌓으신다면……."

멀쩡한 젊은이의 앞날을 멋대로 재단하는 가신들을 바라보며 레번은 애매한 표정을 지었다.

확실히 저들 말도 틀린 것은 아니었다.

그 역시 방법이 없다면 저렇게라도 했을 것이다.

며칠 전, 이런 대화를 나누지만 않았더라면 말이지.

─아, 델피아드 검투술의 정수요? 나 그거 다 아는데. 가르쳐 줄까요?

─바로스 경이 델피아드 검투술에 조예가 깊다는 건 저도 압니다. 하지만 후계자를 육성하는 법은 가문의 비전 중의 비전. 오직 가주들에게만 전해져 오는 겁니다.

─네. 그러니까 그거 다 안다고요.

─아니, 누가 바로스 경에게 그걸 가르쳐 줬단 말입니까?

─레번 경이 가르쳐 줬는데요.

─제가요?

—정확히는 미래의 레번 경이지만.

'그래, 방법이 없는 건 아닌데……'
스트라우스의 새로운 가주가, 들도 보도 못한 시골 영지의
들도 보도 못한 동년배의 젊은 기사 밑에서 수행을 하겠다고
하면 다들 어떤 시선으로 볼지 뻔하다.
'이걸 대체 뭐라고 설명해야 하지?'

레번이 가신들과 실랑이하는 동안, 카르나크 일행은 스트
라우스 저택에 손님으로 머물고 있었다.
스트라우스의 손님 대접은 실로 융숭했다.
고르고 고른 이들이 일행의 시중을 들었고, 화려한 객실이
주어졌으며, 귀한 술과 음식들을 제공받았다. 왕후장상이 부
럽지 않은 대우였다.
단순히 이들이 가문을 구해 주어서만은 아니었다.
전후 처리 시 카르나크는 특별히 레번 스트라우스의 공을
매우 크게 부풀려 세상에 알렸다.
자신들이 스트라우스 가문을 구한 것이 아니라, 어디까지
나 레번을 도왔다는 입장을 고수한 것이다.
스트라우스 측도 실상을 알고는 있다. 그렇다 해도 대외적
으로 '가문을 구한 자'가 누구로 알려지는지는 매우 중대한
문제다.

레번 스트라우스가 주체가 되면 가문의 명예에도 크게 손
상이 가지는 않게 된다.

가문의 일원이 저지른 일을 가문의 일원이 해결한 셈이니
까.

참으로 귀족적인 이 배려에 스트라우스 가문은 감동할 수
밖에 없었다.

가문을 구해 준 것으로 모자라 명예까지 지켜 주지 않았나?

그 과정에서 무왕 갤러드의 목을 뎅겅 잘라 버리는 약간
(?)의 불상사가 있긴 했지만, 그 정도는 일단 허용 범위였다.

카르나크가 갤러드의 목을 자르는 모습을 실시간으로 지
켜보았다면, 아무리 상황을 이해한다 할지라도 냉정을 지키
긴 힘들었을 것이다.

섬기던 주군의 목이 잘리는 모습이 내내 뇌리에 남아 있을
텐데?

머리가 아니라 가슴이 받아들이지 못하는 것이다.

다행히도 갤러드의 목이 잘리는 광경을 직접 본 이들은 거
의 없었다.

애초에 다들 치열하게 전투를 벌이던 와중이었다. 자리 깔
고 둘의 전투를 지켜볼 만큼 여유로운 상황이 아니었다.

게다가 카르나크와 미래 레번 역시 실제로는 거의 사람들
의 시야에서 싸우질 않았다.

중간중간 허공을 떠다니며 모습을 드러낸 적은 분명히 있

다. 성벽 사이를 오가고 공중으로 날아오르는 등 호쾌한 전투를 펼치기도 했다.

그렇지만 진짜 중요한 전투는 두 발 단단히 땅에 붙이고 벌인 것이다.

당연히 성채의 본성 건물에 가려져 거의 보이지 않았다.

다른 이들이 본 것이라곤 엄청난 빛이 번쩍거리고 사방이 마구 부서지는 광경, 그리고 가공할 기운의 여파 정도가 전부.

상황을 이야기로 전해 듣는 것과 직접 눈으로 확인하는 느낌은 천지 차이인 법이다.

덕분에 스트라우스 가문은 '카르나크가 데스 나이트로 변한 갤러드를 다시 평온으로 이끌어 주었다.'라는 말을 무리 없이 받아들일 수 있었다.

"그래도 사람 마음이라는 게 이론대로 흘러가는 게 아니라 꽤 걱정했는데, 다행히 잘 풀렸지."

간식으로 내준 과일들을 깎아 먹으며 카르나크는 빙그레 웃었다.

옆에서 바로스가 안도의 한숨을 내쉬었다.

"그러게 말입니다. 자칫 스트라우스 가문과 척질 뻔했다고 생각하니 등골이 오싹하구만요."

맞은편에선 세라티와 라피셀이 나란히 앉아 꿀 과자를 냠냠거리고 있었다.

정확히 말하면 라피셀만 즐겁게 먹고 있고, 세라티는 살짝 눈살을 찌푸리는 중이었지만.

"어우, 이거 너무 단데? 라피셀, 네가 내 것까지 다 먹을 래?"

"네!"

자기 몫의 과자까지 그녀에게 밀어 준 뒤, 세라티가 전언 으로 슬쩍 물었다.

[그러고 보니 4대 총독, 아니, 이제는 4대 장로랬나요? 하 여튼 그들은 어찌 되었어요?]

[어쩌긴? 볼일 끝났으니 하던 일 마저 하러 가야지. 남아 서 뭐 얻어먹을 것도 없는데.]

전투가 끝나자마자 아크 리치들은 곧바로 도주했다.

─황혼의 여신께서 오실 것이다! 세라칼 님을 찬양하라!

이 한마디만 남기고 잽싸게.

황혼교가 아무리 검은 신의 교단을 적대하는 이들이라 해 도, 7여신교 입장에선 결코 용납 못 할 사교단일 뿐이다. 추 격대가 꾸려져 한동안 뒤를 쫓았다고 한다.

[뭐, 잘만 빠져나갔지만.]

사실 추격대도 엄청 정열적으로 4대 장로들을 뒤쫓진 않 았던 것이다.

명색이 사악한 언데드, 아크 리치인데 성직자 된 입장에서 내버려 둘 순 없고, 그러니 최선을 다하긴 해야겠지만, 그렇다고 딱히 의욕이 생기지도 않는 임무랄까?

[대충 이런 느낌으로 추격 좀 하다 돌아왔다던데?]

세라티가 피식 웃었다.

[눈 가리고 아웅이네요.]

카르나크도 고소를 지었다.

[이 정도면 눈조차도 안 가린 셈이지, 뭘. 두 눈 벌겋게 뜨고 아웅이라고 해야 하나?]

옆에서 꿀 과자를 냠냠거리던 라피셀이 둘을 보며 눈을 반짝였다.

두 사람이 또 말없이 미소를 나누고 있는 것이다.

'역시 두 분 사이에 뭔가 있다니까?'

카르나크와 세라티는 예전부터 그랬다.

간간이 말없이 시선을 주고받는데, 그 표정이 참으로 예사롭지 않다.

말이 없어도 서로의 뜻을 전부 이해한다는 듯한, 마치 연인들 사이에서나 주고받을 법한 그 눈빛이라니!

'어머, 어머, 어머.'

영혼이 몇 살이건 간에 지금의 그녀는 한창때의 사춘기 소녀.

응당 관심이 지대하지 않을 수 없다.

다만, 조금 찜찜한 부분도 없지 않긴 했다.

'그런데 저 눈빛, 바로스 오빠랑도 자주 나누시던데.'

혼란이 온다.

카르나크의 취향은 도대체?

'그렇다면!'

순간 두려운 사실을 깨달아 라피셸은 세라티를 돌아보았다

'바로스 오빠가 세라티 언니의 연적이 되는 건가? 어떡해, 우리 언니!'

세라티는 당황했다.

과자 맛있게 잘만 먹고 있던 라피셸이 느닷없이 올망올망한 눈으로 자신을 뚫어져라 쳐다보는 것이다.

'……얘가 뜬금없이 왜 이래?'

　　　　　　　　　　＊

늦은 밤, 라피셸은 아이답게 일찌감치 잠자리에 들었다.

남은 이들은 어른답게(?) 모여 앉아 반주를 곁들인 야식을 즐기는 중이다.

정갈하게 차려 놓은 주안상을 보며 카르나크가 입맛을 다셨다.

"이야, 요리장이 솜씨 좀 부렸나 본데?"

하나같이 맛나 보이는 음식들이었다.

다만 걱정도 좀 든다.

"어, 밤에 너무 먹으면 몸에 안 좋다지 않나?"

별것 아니라며 바로스가 고개를 저었다.

"어쩌다 한 번 정도는 괜찮습니다."

그리고 의외란 듯 물었다.

"웬일로 도련님이 이렇게까지 건강에 신경을 쓰신데요? 평소 이 정도는 아니셨잖아요?"

"이번에 광익의 천사 펼치고 나서 깨달은 바가 있거든."

"사령술을 썼더니, 운동해야겠다는 생각이 들었다고요?"

"응."

"……뭔 헛소리입니까, 그게?"

"내가 들어도 헛소리 같긴 하지만, 에누리 없는 진짜 소감이다."

카르나크는 일행에게 광익의 천사를 펼쳤을 당시의 일을 설명해 주었다.

다들 어처구니없어했다.

"몸이 건강할수록 사령술 위력이 높아진다니……."

"그럼 모든 사령술사들은 건장해야 하는 것 아닙니까?"

"그런데 현실은 오히려 반대던데요?"

카르나크가 어깨를 으쓱였다.

"별로 어려운 이야기도 아냐."

보통, 몸이 건강한 쪽이 술을 더 많이 먹을 수 있는 법이다.

"그런데 술 많이 먹는 놈들 몸이 보통 건강하진 않잖아?"

납득한 레번이 고개를 끄덕였다.

"아, 그런 개념인 겁니까?"

손에 든 와인 잔을 내려다보며 세라티가 떨떠름한 얼굴을 했다.

"다 좋은데, 하필 술 마실 때 이런 이야기를 해야 하나요?"

피식거리며 레번이 화제를 바꿨다.

"그나저나 바로스 경."

"예."

"어떻게 제게 델피아드 검투술을 전수해 주시겠다는 겁니까?"

"엄밀히 말하면 제가 전수하는 것은 아니지요. 미래의 당신이, 지금의 당신에게 전하는 것뿐."

"제가 좀 미래의 저와 좋은 사이는 아닌데요."

"하긴, 상황이 이상하긴 하네요. 우리 시대의 당신과, 테스라낙 시대의 당신이 같은 존재인지도 모르겠고."

잠시 생각을 정리한 뒤 바로스가 차분히 입을 열었다.

"하여튼, 제가 들은 바에 의하면 이렇습니다."

⋙✳⋘

델피아드의 패자, 스트라우스 가문은 대대로 무왕을 배출해 왔다.

300년간 무려 5명이나.

"어떻게 그럴 수 있었을까요?"

바로스의 의문에 레번이 자신 없는 목소리로 대꾸했다.

"우리 가문의 비전이 다른 검술보다 특출나서……만은 아니겠지요?"

델피아드 검투술이 물론 초일류 무술인 것은 사실이다.

하지만 세상에는 그에 필적하는 놀라운 무술 유파가 많이 있다.

당장 미래의 라피셀이 터득한 무왕 벨티아의 유파, 드렐타인의 라스펜타인 제국검 등도 델피아드 검투술에 필적하며 서로 우열을 가리기가 결코 쉽지 않다.

"그럼에도 매번 무왕을 배출한 곳은 오직 스트라우스 가문뿐이었지요."

대체 델피아드 검투술과 다른 무왕들의 유파에는 무슨 차이가 있는 것일까?

바로스가 빙그레 웃었다.

"혹시 오러 전이법이라고 들어 보셨습니까?"

레번이 인상을 썼다.

"자신의 오러를 타인에게 넘겨주는 수법 말입니까?"

무엇인가에 평생을 바쳐 결국 경지에 오른 이들이 죽음을 앞에 둘 때, 무조건 느낄 수밖에 없는 욕망이 있다.

내가 쌓아 온 모든 것을 세상에 남기고 싶다는 욕망이.

그래서 사람들은 평생 쌓아 온 재산, 명예, 권력 등을 후계자에게 물려주게 된다.

이는 오러 유저나 마법사, 성직자 역시 마찬가지였다.

저들 역시 평생 갈고닦은 무술과 마법의 지식, 여신께 향하는 심오한 신학 등을 후세에 물려주어 스스로가 세상에 존재했다는 증거를 남기곤 했다.

그리고 개중에는, 평생 쌓아 온 천지간의 기운 자체를 넘겨주고 싶어 하는 이도 당연히 생길 수밖에 없었다.

죽고 나면 썩어 버릴 육신에 천하를 진동케 할 권능이 남아 있다니?

이대로 허공에 흩어 버리기엔 너무나 아깝지 않은가?

이걸 후세에 남긴다면 얼마나 인류에 이바지할 수 있을까?

발상 자체는 전혀 새롭지 않다. 아니, 흔해 빠지다 못해 진부하기까지 하다.

"하지만 그건 이미 불가능하다고 판명 난 것 아니었습니까?"

"맞습니다. 불가능하죠."

타인의 기운을 자신의 몸에 받아들이는 시점에서, 서로 충돌이 일어나 오히려 독이 되어 버린다.

어떻게든 기운을 정제해서 자신의 것으로 전환하는 수법을 개발하려는 시도도 있긴 했으나, 그 시도를 할 노력으로 그냥 본인이 오러나 마나를 쌓는 쪽이 더 빠르다는 게 증명되어 사장되었다.

저게 가능했다면 다른 무왕들의 유파 역시 저 수법을 개발하지 않았을 리가 없는 것이다.

"그런데 델피아드 검투술의 방식은 조금 다르더군요."

이 수법을 최초로 개발한 것은 스트라우스 공작가의 초대 가주이자 첫 번째 델피아드의 무왕, 자르타스 스트라우스였다고 전해진다.

그 역시 오러 전이법에 대해 고민했고, 그것이 이론상 불가능하다는 것을 깨달았다.

다만 자르타스는 다른 이들과 달리 생각이 좀 더 유연했다.

-내 오러를 꼭 자식에게 물려주어야 하는 건가?

모로 가도 수도만 가면 된다는 말이 있다.

-과정이야 어찌 되었건, 내 자식의 오러가 나만큼 높아지면 그만 아닌가?

이렇게 생각하고 나니 돌파구가 보인 것이다.

"그는 자신의 오러를 후계자에게 물려주는 방식을 개발하지 않았습니다."

대신, 후계자의 오러를 자신이 대신 수련해 주는 방식을 개발했다.

"……네?"

레번은 잠시 멍한 표정을 지었다.

"그러니까…… 타인의 오러를 대신 수련해서 건네주었다는 말씀이십니까?"

"그런 겁니다."

고개를 끄덕이며 바로스가 설명을 이었다.

"이 역시 결코 쉬운 일은 아닙니다만, 시전자가 무왕급의 경지에 올라 있고 부모 자식 정도로 혈연이 가까운 관계라면 가능한 모양이더군요."

저렇게 할 경우, 수련한 오러를 본인이 구사할 순 없다. 심지어 수련할수록 몸에 독을 쌓는 방식이 된다.

"하지만 쌓는 족족 후계자에게 전이해 줘 버리면 큰 부작용은 없는 셈이니까요."

무려 무왕이 직접 수행해 넘겨주는 오러였다. 똑같은 시간을 들여도 후계자 본인보다 몇 배나 많은 오러양을 쌓을 수 있을 것이 뻔했다.

"이 조건이라면 적어도 오러양 문제에선 자유로워질 수 있지요."

항상 본인의 경지가 허락하는 최대한의 오러를 지닐 수 있을 테니까.

"물론 이것만으로 스트라우스 가문의 후계자들이 모두 무왕이 될 수 있었다는 소리는 아닙니다."

무왕의 경지까지 오르기 위해선 실로 많은 조건을 필요로 한다.

오러양은 단지 그중 하나일 뿐이다.

"하지만 그 하나라도 확실히 할 수 있다는 것이 얼마나 유리한 조건인지는, 굳이 따로 말하지 않아도 익히 알겠지요?"

가문의 비밀을 들은 레번은 멍한 표정을 지었다.

"우리 가문에서 대대로 무왕이 나왔던 이유가 그런 것이었다니……."

뭐랄까, 치사하다는 생각부터 들었다.

'스스로의 힘만으로 오른 경지가 아니었단 말이야?'

사람들이 궁극의 경지에 도달한 이들에게 경외의 시선을 보내는 것은 단순히 그들이 강해서만이 아니다.

그 경지까지 올라간 이들이 흘려 온 피와 땀, 눈물에도 존경을 표하는 것이다.

그런데 남이 대신 오러를 쌓아 준다니?

물론 이 새로운 오러 전이법 역시 전제 조건이 꽤나 까다롭다.

일단 같은 계통의 투기술을 익혀 서로 속성이 비슷해야 하고, 혈연 정도로 가까운 관계여야 하며, 심지어 오랜 시간 꾸준히 함께 수행해야 한다.

　기존의 오러 전이법처럼 '자, 여기 앉아 봐라. 내 너에게 오러를 넘겨주마!' 이러더니 방대한 오러가 뚝딱 생기는 방식은 아닌 것이다.

　하지만 아무리 그렇다 해도, 거저먹었다는 느낌을 감출 수가 없다.

　"왜 가문에서 극구 비밀로 했는지는 알겠군요."

　스트라우스의 후예인 레번조차 치사하다는 생각부터 먼저 드는데 다른 사람들은 오죽할까?

　어디 가서 내세울 만큼 자랑스러운 비법은 솔직히 아니었다.

　"에밀 형님이 빠르게 경지를 올린 것도 그럼?"

　바로스가 어깨를 으쓱였다.

　"오러 각성까지 대신 시켜 줄 순 없어요. 하지만 일단 오러 유저가 된 후에는 아무래도 도움을 많이 받지 않았을까요?"

　레번은 한숨을 푹 쉬었다.

　생각해 보니 서럽다.

　아버지가 에밀 형님을 유독 아끼는 건 잘 알았지만, 이 정도로 차별을 하고 있었을 줄이야.

　"난 형님이 엄청난 천재라서 그토록 빠르게 발전하는 줄 알았는데 말이죠."

　카르나크가 실실 웃으며 말했다.

"에이, 엄청난 천재인 것은 맞지."

받은 오러를 곧바로 자기 걸로 만드는 시점에서 이미 하늘이 내린 재능의 소유자란 소리나 마찬가지다. 아무나 할 수 있는 게 아니니까.

레번이 다른 이들을 보며 미심쩍은 표정을 지었다.

"그런 것치곤 다들 잘만 하던데요?"

당장 바로스만 해도, 카르나크가 내려 준 혼돈투기를 금방 자기 것으로 만들어 자색급의 경지에 올랐다.

"쟨 원래 무왕급이었다니까. 우리가 액면가가 이래서 그렇지, 속은 100년 넘게 묵었다는 것 잊었냐?"

"그렇다면 라피셀도?"

"그래, 걔도 영혼은 여전히 무왕이고."

"하지만 저 역시 방법을 알고 나선 그렇게까지 어렵지 않았는데요?"

"그러니까 너 또한 미래에 무왕이 되었지. 무왕 된 자신이랑 한바탕 싸워 보기까지 하고서도 아직 스스로를 의심하냐?"

"……그 작자가 미래의 저라는 느낌은 전혀 안 든다니까요."

투덜대다 말고 레번이 붉은 머리 미녀에게로 시선을 옮겼다.

'아, 그러고 보니 세라티 경은 여전히 받은 오러를 소화 못 시키고 있구나.'

그냥 생각만 한 건데, 표정에 드러났나 보다.

세라티가 피식 웃었다.

"절 보니까 그제야 재능 이야기가 이해가 좀 되나요?"

"아, 아뇨. 그런 의미는 아니고……."

"신경 쓰지 마세요. 당신들이랑 저 자신을 비교하는 건 관뒀으니까요."

머쓱해하며 레번이 시선을 피했다. 그러다 문득 의문이 들어 물었다.

"가만, 그런데 혈연관계만 가능하다면 대체 어떻게 바로스 경이 절 가르치신다는 겁니까?"

둘은 혈연도 뭣도 아닌 완전한 타인이다.

바로스도 그 부분은 긍정했다.

"네. 그래서 그 방법은 못 쓰죠."

"그럼?"

"쓸 필요도 없고요."

"네?"

"이미 썼잖아요?"

카르나크가 레번을 타박했다.

"네 입으로 말해 놓고도 못 알아챘냐? 내가 해 준 게 그거랑 똑같잖아."

그렇다.

카르나크 역시 자신은 쓰지 못할 오러를 대신 연마해 바로스며 다른 오러 유저들에게 전달해 주었다.

사실 이들은 스트라우스 방식의 오러 전이법을 이미 받아 본 것이나 마찬가지다.

"애초에 그 방식 자체가, 사령술사가 다크 나이트나 데스 나이트에게 암흑투기 넘기는 방식을 보고 초대 스트라우스 가주가 영감을 얻어 창안한 거야. 그러니 나도 할 수 있었던 것이고."

"……우리 가문에서 사령술을 익혔었단 말입니까?"

"익힌 건 아니고, 아이디어만 얻었다고 봐야지. 사악한 행위는 조금도 없을걸."

그렇다 해도 사령술 수법에서 비롯된 것은 틀림없다.

더더욱, 역대 무왕들이 왜 그리 철저히 비밀을 지켰는지 이해가 간다.

바로스가 슬쩍 화제를 돌렸다.

"어쨌거나 무왕이 될 인재를 꾸준히 배출한 시점에서 스트라우스 가문이 대단한 건 맞아요."

오러를 대신 쌓아 준다고 무조건 무왕이 될 수 있는 것은 아니다.

델피아드 검투술에는 틀림없이 자격을 갖춘 인재가 결과를 얻도록 이어지게 하는 특별한 부분이 존재한다.

"제가 가르쳐 준다는 건 이쪽입니다."

납득한 레번이 고개를 끄덕였다.

"그렇다면 이제 남은 문제는 하나뿐이군요."

저 조건이라면 레번은 지금처럼 계속 카르나크 곁에 붙어 있어야 한다. 그래야 바로스에게 꾸준히 가르침을 받을 수 있다.

그게 아니더라도, 그는 카르나크의 권속이니 함부로 떨어져 있을 수 없다.

그런데 현 상황이라면 더 이상 제스트라드 남작가의 기사로 머무를 수 없는 것이다.

예전에야 '스트라우스 출신의 혈통'이 다른 가문의 기사가 된 것이었으니 아무 문제가 없었다.

하지만 지금은?

7왕국 연합에서도 세 손가락 안에 드는 대(大)스트라우스 공작가의 유일한 후계자이자 당대 가주님께서, 변경 오지 삼류 가문의 일개 기사로 머무른다는 말도 안 되는 소리가 되어 버린다.

"이걸 사람들이 이해해 줄까요, 과연?"

다들 고개를 저었다.

"어림도 없지."

"절대 무리일걸요."

"배보다 배꼽이 큰 것도 정도가 있죠."

난처해하며 레번이 카르나크를 바라보았다.

"하지만 전 바로스 경의 가르침을 꾸준히 받아야 한다면서요?"

"그렇지."

"그럼 대체 어쩌란 말씀이십니까?"

"어쩌긴 뭘 어째? 간단하구만."

이미 카르나크는 이런 사태를 예상하고 있었다. 누구라도 예상할 수 있는 부분이었으니까.

그리고 해결책도 진작 찾아 놓았다.

"우리가 스트라우스 공작가의 마법사와 기사가 되면 돼."

"……네?"

"이해 못 했냐? 우리가 스트라우스 가문 밑으로 들어가면 된다고."

"아니, 저기……."

말까지 더듬으며 레번이 간신히 물었다.

"카르나크 님이 제 휘하로 들어오신다고요? 지금 군신 관계를 바꾸자는 말씀이십니까?"

"왜? 뭐 문제 있냐?"

"문제가 없을 리가……."

어이없어하며 레번은 생각했다.

카르나크가 그의 부하로 들어온다?

물론 어디까지나 공식적인 자리에 한정되긴 하겠지만, 저 인간이 자신을 주군이라 칭하고 존댓말을 쓴다고?

'어우, 상상도 하기 싫은데…….'

질린 레번과 달리 세라티와 바로스는 꽤나 괜찮은 생각이란 반응을 보이고 있었다.

"확실히 그렇게 하면 아무 문제가 없겠네요, 카르나크 님."

"그러게요. 이거야 딱히 사람들이 이상하게 볼 리도 없고."

"자, 잠깐만요."

레번이 황급히 말을 막았다.

"그렇게 말처럼 쉬운 이야기가 아닙니다."

본인의 자각이 거의 없긴 하지만, 카르나크는 분명 유스틸 왕국의 귀족이며 공직자, 킹스 오더다.

"그런데 어떻게 스트라우스 가문으로 오신다고?"

"그러니까 제스트라드 가문이 스트라우스 밑으로 가는 건 아니지."

저건 유스틸 왕국에 대한 반역이다. 크게 경을 칠 일이지.

"하지만 나, 카르나크 개인이 스트라우스의 초빙을 받아 조언자로 머무르는 건 아무 문제 없잖아?"

당장 에트리얼 왕국인이자 스트라우스 가문 출신인 레번도 유스틸 왕국의 기사이자 킹스 오더가 될 수 있었으니까.

어차피 7왕국 연합은 말 그대로 '연합'이라, 제국만큼 철저하게 통제가 되는 곳은 아니다.

가문이 아닌 개인은 생각보다 운신이 자유로운 편인 것이다.

"바로스와 세라티도 같은 방식으로 초빙된 빈객으로 머무르면 되고."

게다가 이렇게 할 경우, 카르나크에게도 숨길 수 없는 큰 이점이 존재한다.

"스트라우스에서 버티고 있는 쪽이 우리 영지도 훨씬 안전해지지. 내 입장에서도 이쪽이 훨씬 나아."

점점 레번의 표정이 변했다.

처음엔 터무니없는 소리라 여겼는데…….

'이야기를 듣고 보니 어째 꼭 그렇지만도 않네?'

※

스트라우스 공작가의 주인이 된 레번은 이후 눈코 뜰 새 없이 바빴다.

아버지, 갤러드의 장례식도 치러야 했고 가주로서의 업무도 익혀야 했으며 방계 귀족들과 연락도 취해야 했다.

그나마 다행인 부분은, 스트라우스 공작은 다른 귀족들보단 비교적 행정적인 업무량이 적다는 점이었다.

애초에 강력한 무(武)를 내세운 가문이니만큼 역대 가주의 임무는 영지 관리보다, 강해져 무왕이 되는 것이 우선이었다. 그래서 실질적인 관리는 가문 내에서 알아서 하는 시스

템이 오래전부터 자리 잡고 있었다.

이럴 경우, 다른 가문이라면 가주가 실권을 잃고 꼭두각시가 되는 불상사가 생길 수도 있다.

하지만 스트라우스의 경우엔 그럴 걱정이 없었다.

역대 가주가 전부 무왕이 되었으니까.

누가 감히 무왕을 꼭두각시로 만들 배짱이 있겠는가?

언제든지 처벌해 버릴 힘이 있다면 쉽게 딴짓을 벌이지 못하는 법이다.

물론 레번에게는 너무 젊은 나이에, 제대로 된 후계자 교육도 받지 못한 채 가주가 되었다는 약점이 있다.

하지만 이 또한 큰 문제는 아니었다.

사실 레번도 역대 델피아드의 무왕들과 비교해 딱히 떨어지는 건 없었다.

저 나이에 벌써 청색급의 경지가 아닌가?

젊은 시절의 갤러드도 딱 저 정도 수준이었다. 에밀이 유독 경지가 높았을 뿐이다.

그래서 가신들은 일단 지켜보자는 입장이었다.

어차피 달리 가주의 자리에 어울리는 이가 있는 것도 아니었으니까.

한편, 카르나크 일행은 무난히 스트라우스 가문의 빈객이 되었다.

이들을 조언자로 초빙했다는 레번의 말에 반대하는 가신

은 정말 단 1명도 없었다.

이미 카르나크는 상당히 높은 명성을 쌓아 왔으며, 레번과의 친분도 깊은 이였다.

무엇보다, 스트라우스를 구한 공로를 레번에게 돌린 점이 매우 크다.

이런 귀족적인 배려에는 귀족적인 답례를 하는 것이 사교계에선 그 무엇보다도 중요한 일인 것이다.

신기해하며 세라티가 물었다.

"애초에 이것까지 기대하고 레번 경을 내세운 거예요?"

"당연하지. 이렇게 될 줄 몰랐어, 설마?"

"제가 몰랐다는 소리가 아니라요."

물론 그녀도 저 정도 관례쯤은 알고 있었다.

카르나크가 그걸 떠올렸다는 점이 신기하다는 소리였다.

"이런 건 그렇게 잘 아는 양반이, 어떻게 사람 속은 그렇게 모른데요?"

"집단의 반응을 읽는 건 차라리 쉽거든. 욕망의 방향성이 명확하니까. 개개인의 속을 읽기가 어려운 거지."

참고로 알리우스의 기억 조작은 아무 문제 없이 처리되었다.

그는 카르나크를 전혀 의심하지 않고, 스트라우스 가문의 카이론만 열심히 심문했다.

카이론 역시 딱히 그의 심문을 이상하게 여기지 않았다.

사교단과 함께 싸우던 이에게 사령술사가 아니냐고 캐묻는 것이 뭐 그리 이상하겠는가?

이후 카이론이 정말 사령술과 연관이 없음을 확인받고 데라트의 신전으로 돌아간 상태였다.

"자, 상황도 대충 정리가 되었겠다, 도대체 일이 어떻게 돌아간 건지 알아봐야지."

의아해하며 바로스가 물었다.

"어떻게 알아보시려고요?"

미래 레번의 영혼은 이미 놓쳐 버렸다.

"그래, 당사자는 놓쳐 버렸지."

카르나크가 음흉한 미소를 지었다.

"하지만 관련된 사람은 있잖아?"

미래 레번에게 몸을 빼앗겼던 에밀과 갤러드가.

물론 갤러드는 이미 죽었다. 하지만 별 상관없다.

원래 사령술사는 죽은 사람과 대화하는 데 특화된 직종이니까.

"되도록 사령술은 안 쓰려고 했지만 어쩔 수 없지."

히죽거리는 카르나크를 보며 한숨을 내쉬는 세라티였다.

"되도록 안 쓴다고 하기엔, 거의 매번 쓰고 있지 않아요, 요즘?"

손안의 보물

스트라우스 저택 인근에는 방대한 숲이 하나 존재한다.

역대 무왕들이 수행을 하러 종종 들렀던 곳이며, 최근엔 켈리안트 던전이 발견된 장소이기도 하다.

그 숲 깊은 곳에 세 사람이 서 있었다.

카르나크와 바로스, 세라티였다.

"자, 그럼 피를 뿌리고……."

6개의 촛불 사이에 피의 문양을 그리며 강령 의식을 준비한다.

"어휴, 대스트라우스 가문 영역 내에서 이런 짓을 하다니……."

그런 카르나크의 행동을 보고 있던 세라티가 혀를 찼다.

"들키면 어쩌시려고요?"

대수롭잖다는 듯 카르나크가 대꾸했다.

"해명을 잘해야지, 뭐."

"해! 명! 말이죠?"

"그럼 설마 내가 입으로 해명을 하겠니?"

"……자랑이 아니거든요?"

고개를 저으며 그녀는 의식 준비를 마저 지켜보았다.

그러다 문득 의문이 들었다.

예전 사교도들이나 사령술사들을 상대로 강령술을 펼칠 땐 이렇게 귀찮은 과정을 치르지 않았던 것 같다.

"카르나크 님 정도 되면 이런 짓 안 해도 영혼 부를 수 있는 것 아니었어요?"

"그렇긴 한데, 이건 그냥 일종의 예의지."

"예의라뇨?"

"죽은 채 불려 올 영혼에 대한 예의."

절대 권력을 지닌 군주라면 언제 어느 때든 부하를 마음대로 소집할 수 있을 것이다.

하지만 이왕 부하를 부른다면, 밥이라도 한 상 차려 주는 게 아무래도 예의 아닐까?

"대충 그런 개념이야. 에밀은 피해자니까 다른 사교도들처럼 대할 순 없지."

"그러니까 왜 산 사람에게도 안 지키는 예의를 죽은 사람에겐 차리는 건지……."

그 와중에 강령 의식 준비가 전부 끝났다.

카르나크가 문양 안으로 들어가 사령술을 운용하기 시작했다.

"그럼 에밀 스트라우스의 영혼을 부르겠다."

잠시 그의 전신에서 사이한 죽음의 기운이 흘러나왔다.

짙은 기운이 어둠에 묻혀 은은하게 사방으로 퍼진다. 동시에 주위의 공기가 차갑게 가라앉는다.

긴장하며 세라티는 그 광경을 지켜보았다.

'역시 사령술은 아무리 봐도 영 익숙해지지가 않네.'

그렇게 조금 시간이 지난 후였다.

"음?"

카르나크가 고개를 갸웃거렸다. 바로스가 물었다.

"왜 그러십니까, 도련님?"

"에밀의 영혼이 오질 않는데?"

"호오, 그럼 에밀 경은 살아 있는 모양이네요?"

"그럴지도."

강령술은 죽은 자의 영혼을 부르는 술법이니, 산 자의 영혼에 호출이 닿을 리 없다.

혹시나 싶어 몇 번 더 시도해 봤지만 결과는 같았다.

에밀 소환을 포기하고 카르나크가 다음 술법으로 들어갔다.

"그럼 이번엔 갤러드다."

에밀과 달리 무왕 갤러드는 확실히 죽었다. 영혼 강령에 별 어려움은 없으리라.

그때 세라티가 카르나크를 만류했다.

"잠깐만요. 생각해 보니 레번 경도 불러야 하는 것 아닐까요?"

"레번? 왜?"

"가족 일이잖아요. 레번 경도 죽은 아버지와 마지막 작별은 해야 하는 것 아니에요?"

그러나 카르나크도 바로스도 묘한 표정을 지었다.

"어, 그거…….""

"그렇지, 일반인은 죽은 자를 부른다고 하면 저런 식으로 생각하죠?"

세라티가 눈을 깜빡였다.

"제가 뭘 잘못 알고 있나요?"

뒷머리를 긁으며 카르나크가 머쓱한 표정을 지었다.

"그게, 사실 강령술로 불려 오는 영혼의 상태가 썩 좋은 건 아니거든."

바로스도 옆에서 첨언했다.

"제덱스 씨 영혼 강령할 때 봤죠? 곱게 작별할 상태로 보이던가요?"

"하긴, 별로 제정신은 아니었네요."

"애초에 강령된 영혼이 제정신인 경우는 거의 없죠."

그래서 강제로 제압하여 궁금한 것만 캐묻고 보내 버리는 경우가 대부분이다.

듣고 보니 레번에겐 그냥 비밀로 하는 게 더 나을 것 같아서 세라티도 입을 다물었다.

카르나크가 마저 강령술을 진행할 때였다.

"음?"

"왜 또요?"

바로스가 인상을 썼다. 카르나크의 표정이 아까와 똑같았다.

"이번에도 영혼이 오질 않는데?"

"갤러드 경도 살아 있다는 소릴 하시는 건 아닐 테고."

에밀은 몰라도 갤러드는 확실히 사망했다. 시체도 확인했고 장례식까지 치렀다.

"솜씨 무디어지신 것 아니에요?"

"이건 너무 쉬운 강령술이라 실패하는 게 더 어려울 지경이거든!"

카르나크는 인상을 썼다.

짚이는 경우가 없진 않았다.

"테스라낙이 설마 갤러드의 영혼에도 뭔가 수를 썼나?"

이런 식이면 에밀 역시 살아 있다고 확신을 할 수가 없다. 갤러드의 영혼과 비슷한 상태일 수도 있으니까.

"이것 참……."

카르나크는 혀를 찼다.

도대체 이해가 가질 않았다.

미래 레번의 영혼이야 수거해 가는 것이 당연하지만…….

'에밀이나 갤러드의 영혼은 대체 왜?'

물론 그 정도로 강한 무인의 영혼이라면 여러모로 쓸모는 많다. 하지만 그건 어디까지나 평범한 사령술사의 경우다.

공허 저편에 있을 테스라낙에게 저들의 영혼이 왜 필요하단 말인가?

"테스라낙 놈, 대체 무슨 꿍꿍이속인 거지?"

세계의 바깥이자 시공의 저편, 무한하게 펼쳐진 공허 너머.

한 그루의 거대한 나무가 보인다.

무한의 해골이 얽혀 나무처럼 가지를 뻗은 공허 속의 권능, 아스트라 슈나프.

그 추악한 형태 속에서 한 형상이 피어오르고 있었다.

목소리가 울렸다.

"나의 종, 레번 스트라우스여……."

소리의 주인은 검은 그림자였다.

인간의 형상을 하고 있지만 인간은 아니다. 생명체도 아니다.

그저 존재이며 의식이자 의지일 뿐.

권능 그 자체로 존재하는 초월적인 의지가 음성을 이어 간다.

"이번엔 무사히 돌아왔구나."

그림자가 손을 뻗었다. 뻗은 손끝으로 빛이 반짝였다.

지상의 태양보다도 강렬하게 빛나는 눈부신 영혼이나, 이 공허 속에서는 반딧불만도 못한 희미한 빛이었다.

"테스라낙이시여……."

가냘픈 대답을 끝으로 빛의 영혼, 레번 스트라우스의 의식이 끊어졌다.

이 무한의 영역 속에서 필멸자의 의식은 결코 버틸 수 없다.

오직 위대한 죽음의 신만이 이곳에서도 스스로를 유지할 수 있을 뿐.

미쳐 버리기 전에 레번의 영혼이 스스로의 방어기제를 발동한 것이다.

검은 권능, 테스라낙이 손가락을 펼쳐 빛을 감쌌다.

칠흑의 손아귀가 의지가 사라진 레번의 영혼을 거두었다.

"보여 다오."

레번의 영혼에 깃든 경험이 어둠을 통해 아스트라 슈나프로 흘러들어 갔다.

그가 현세에서 보고 듣고 느낀 모든 것이 공허의 나무를 통해 테스라낙에게 전해진다.

"이제야 알 수 있게 되었구나."

그는 만물의 이치를 깨달은 존재였다. 세상의 섭리가 허락한 권능이라면 무엇이든 알아낼 수 있었다.

그렇기에, 섭리를 거스르는 방법은 알 수 없었다.

진정한 역천의 지혜를 가진 이는 오직 어둠과 죽음의 주인뿐.

테스라낙은 틀림없이 어둠과 죽음의 신이었다. 하지만, 어둠과 죽음의 주인은 아니었다.

주인이 아닌 자가 그 지혜를 원한다면, 진실 된 주인의 것을 훔칠 수밖에 없겠지.

"이제야 운명대로 흘러갈 수 있겠어."

뇌까리며 테스라낙이 도로 손아귀를 펼쳤다. 영혼의 빛이 다시 공허 너머로 모습을 드러냈다.

마치 얼음이 녹아 가듯 레번 스트라우스의 영혼이 공허의 나무, 아스트라 슈나프 속으로 서서히 스며들기 시작한다.

그렇게 레번을 보낸 뒤 테스라낙이 양손을 부드럽게 휘저었다.

공허의 나무, 아스트라 슈나프로부터 칠흑의 열매 하나가 떨어졌다.

검은 열매가 싹을 틔우고 무럭무럭 자라난다. 무럭무럭 자라난 새싹이 어느덧 거목이 되어 다시 열매를 맺는다. 떨어진 열매가 또다시 싹을 틔우고 무럭무럭 자라난다.

무한히 분열하는 어둠은 공허 속에서 계속 세력을 넓혔다.

이윽고 그 어둠이 명백한 형체를 이루었다.

네모반듯한 칠흑의 정육면체, 역시공 초월체였다.

여기까지는 테스라낙도 이미 할 수 있는 것이었다. 이것을 창조하기 위해서 어둠의 주인의 지혜가 필요하진 않았다.

필요한 것은 이다음 단계.

섭리를 거슬러 시공에 구멍을 뚫는 끔찍한 죄악을 벌이는 방법이다.

"그래⋯⋯."

테스라낙은 다시 한번 중얼거렸다.

"이제는 행할 수 있다."

역시공 초월체의 형태가 한 번 더 변화했다. 더 이상 기하학적인 형태의 정육면체가 아니었다.

그것은 인간의 모습을 하고 있었다.

늙은 마녀와 목 없는 기사, 그리고 기이할 정도로 팔다리가 긴 기형의 사내.

"이 할미는 포동포동 살찐 아이를 잡아먹는 걸 좋아한단다! 손을 내밀어 보렴! 살이 얼마나 쪘는지 보게!"

"빨간 단두대 줄까, 파란 단두대 줄까!"

"목 하나 주면 안 잡아먹지!"

괴상한 소음이 공허 속에 울렸다.

테스라낙은 가볍게 손을 저었다.

"시끄럽다."

소음은 이내 사라졌다.

또다시 찾아온 고요 속에서 그는 흡족한 듯 웃었다.

"첫 단추가 채워졌으니……."

공허 곳곳에 구멍이 열렸다. 현실의 시공과 연결된 구멍이었다.

"운명대로 흘러갈지어다."

마녀도, 목 없는 기사도, 사지가 긴 기형의 사내도 모두 공허의 구멍이 집어삼켰다. 또다시 어둠 속에 테스라낙만이 홀로 남았다.

아니, 정확히 혼자는 아니다.

그의 곁에는 아직 하나의 빛이 존재했다. 검은 손아귀가 그 빛을 마저 쥐었다.

"그리고 이것은……."

레번 스트라우스 못지않게 찬란한, 동시에 탁해질 대로 탁해진 무왕 갤러드의 영혼이었다.

* * *

미래 레번을 물리치고 열흘 뒤.

여전히 카르나크 일행은 스트라우스 저택에 머무르고 있었다.

원칙대로라면 카르나크는 유스틸 왕국으로 복귀해야 했다.

토벌군의 총사령관으로서 전후 보고를 올려야 했고, 유스틸 킹스 오더의 부단장으로서도 이런저런 일 처리가 꽤 있었다.

"하지만 레번 핑계를 대면 저런 귀찮은 일들을 에란텔 경에게 전부 미룰 수 있지!"

레번이 스트라우스 공작가의 새 가주가 되었으니 그를 도와야 한다는 이유를 들며 농땡이를 피워 버린 것이다.

킹스 오더에서 잘리기 딱 좋은 짓이지만 전혀 신경 쓰지 않았다.

솔직히 지금의 카르나크가 킹스 오더의 지위를 아쉬워할 이유가 뭐가 있겠는가?

애초에 사교단에 대한 정보를 얻기 위해 들어간 곳일 뿐이다. 이젠 황혼교가 있으니 굳이 킹스 오더에 매달릴 필요가 없다.

킹스 오더 부단장이 주는 권력 역시 이젠 크게 필요치 않게 되었다.

로이드 왕자의 총애가 두터운 덕분에 귀족들 사이에서 영향력도 커졌고, 상회가 있으니 금전적 문제도 해결, 여기에 마법학계와도 인맥을 굳혀 놓았다.

굳이 킹스 오더가 아니더라도 충분히 권력이 생긴 것이다.

여기에 카르나크 스스로의 명성까지 더하면?

유스틸 왕국뿐 아니라 7왕국 연합을 통틀어도 함부로 할 수 없는 거물이 되어 버렸다.

오히려 킹스 오더 쪽이 카르나크를 아쉬워하는 입장인 것이다.

그래서 그런지 유스틸 왕국 측도 딱히 뭐라 하지 않는 눈치였다.

카르나크가 멋대로 움직일수록 사교도의 세력이 약해지고 있으니, 이 정도의 월권은 그냥 넘어가 주는 분위기랄까?

얼마 전 에란텔 경이 보내온 전갈을 확인해 보면 틀림없이 그랬다.

-뒷일은 내가 알아서 할 테니, 카르나크 자네는 원하는 대로 움직이게.

덕분에 카르나크는 스트라우스 가문의 융숭한 접대 속에서 즐거운 식도락의 시간을 가질 수 있었다.

오랜만에 맞이한 휴식 시간이었다.

물론 쉬는 것은 카르나크뿐이고, 다른 일행은 여전히 구슬땀을 흘리고 있었지만.

후계자를 무왕의 길로 이끄는 델피아드 검투술의 오의.

그중 오러 전이술은 지금의 레번에게는 아직 필요가 없었다.

이미 카르나크가 충분히 퍼 주었거든.

미래 레번과 싸우기 전에 혼돈투기 꽉꽉 채워서 전장에 내보내지 않았던가?

그러나 델피아드 검투술에는 오러를 대신 수행해 주는 것 말고도, 그 오러를 받은 이가 어떻게 해야 알뜰살뜰 소화시켜 자기 것으로 만들 수 있는지에 대한 오랜 노하우가 존재한다.

현재 레번은 바로스에게 그 노하우를 전수받고 있었다.

><>

사방이 마법의 빛으로 가득한 거대한 지하실.

지하임에도 불구하고 사방이 대낮처럼 눈부시다.

그 비싸다는 마력등을 수십 개씩 천장에 달아 놓은 덕분이다.

게다가 규모도 엄청나, 분명 건물 내부 구조임에도 불구하고 병사 100여 명은 충분히 사열시킬 만한 공간이다.

이곳이 바로 스트라우스 저택의 비밀 연무장이었다.

대부분의 귀족가가 그렇듯 스트라우스 가문도 저택에 은

밀한 장소를 마련해 놓은 것이다.

당연한 이야기였다.

딱히 지킬 비밀도 없는 삼류 검술을 지닌 제스트라드 저택에도 비밀 연무장이 따로 존재했다. 심지어 오러 전이술이라는 치사한 비밀이 있는 스트라우스 가문은 오죽할까?

그곳에서 바로스와 레번이 검을 맞대고 있었다.

"타앗!"

짧은 기합과 함께 레번이 땅을 박차며 돌진했다.

푸른 오러의 참격이 허공에서 화려하게 춤을 췄다.

-델피아드 검투술, 풍왕의 난격!

레번이 애용하는 연속 베기가 바로스의 좌우를 노렸다.

차분히 검 면을 비틀어 공세를 흘려 내며 바로스도 반격에 나섰다.

청색과 자색, 두 줄기의 투기검이 허공에서 연신 격돌한다.

검과 검이 교차할 때마다 대기가 떨쳐 울리며 굉음을 낸다.

쾅! 콰쾅! 콰콰쾅!

그렇게 레번의 검을 막아 내던 바로스의 기세가 일순 변했다.

지금부터 그가 레번에게 전하고자 하는 것은 말로 설명할 수 있는 것이 아니다.

'그저 투기로 대화할 뿐!'

보랏빛 투기검이 정단의 자세를 취했다. 방금 전 레번과 똑같은 자세였다.

그리고, 똑같은 기술이 쏟아진다!

–델피아드 검투술, 풍왕의 난격!

순간 레번은 기겁했다.

'세상에! 어떻게 저렇게 완벽하게?'

분명히 자신도 질릴 만큼 연습한 검술임에도, 바로스가 펼치자 뭔가 달랐다. 화려한 연속 참격이 시야를 가득 메우고 있었다.

심지어 예전에 에밀이 펼쳤던 풍왕의 난격도 저 정도로 완성도가 높진 않았던 것 같다.

'어떻게 스트라우스의 혈통도 아니면서 이렇게까지 델피아드 검투술을 능수능란하게 쓸 수 있지?'

레번은 바로스가 평소 스트라우스의 검술을 쓰는 걸 거의 보지 못했다.

별로 대단한 이유는 아니었다.

-어, 그거 너무 솔직담백한 검술이라 제 취향은 좀 아니더라고요.

바로스는 무릇 사람이 싸움질을 할 땐 효율적이고 실용적이어야 한다고 믿는 입장이었다.

-저기, 그건 모든 무인들이 똑같이 지켜야 할 입장 아닙니까?
-그런데 내가 그렇게 싸우면 다들 비겁하고 치사하다고 하던데요.
-아, 그런 의미의 효율성이었습니까?

확실히 치밀한 검의 연계로 위풍당당하게 적을 제압해 가는 델피아드 검투술의 사상으로 보면, 바로스의 사슬검은 은근히 비겁한 느낌이 없지 않다.

그럼 사슬검 말고 다른 건 어떠냐고?

그쪽은 아예 시꺼먼 뭔가가 풀풀 풍겨서 애초에 검술을 논할 문제가 아니지.

"타아앗!"

연신 기합을 토하며 레번은 열심히 바로스의 공세를 받아쳤다.

사실 레번도 모험가로 일하며 온갖 잡다한 검술을 꽤 익혔다. 상황에 따라선 주먹으로 후려 패고 발로 걷어차는 수법도 구사할 수 있었다.

하지만 지금은 일부러 델피아드 검투술만을 구사한다.

이 대련은 실전에 대비하려는 것이 목적이 아니었으니까.

쾅! 쾅! 콰쾅!

강렬한 굉음 속에서 청색과 자색의 투기가 계속해 얽히고 떨어지기를 반복한다. 그 와중에 청색의 투기가 조금씩 자색의 투기를 따라온다.

바로스의 흐름에 레번이 편승해 움직임을 따라가는 것이다.

'좋아, 역시 레번 경이군. 금방 적응하고 있어.'

둘의 오러 흐름이 어느 정도 같은 궤적을 보이게 되었다.

슬슬 다음 단계로 넘어갈 때.

바로스가 전신의 오러를 폭증시켰다.

"타아아앗!"

이글거리는 투기의 불길이 그의 전신을 휘감았다. 동시에 보랏빛 오러가 눈부신 은색으로 바뀌었다.

잠깐 경지를 올려 실버 나이트의 투기를 발한 것이다.

한 단계 더 격차가 벌어지자 감히 레번이 따라잡을 수 없게 되었다.

은빛 투기검이 청색의 오러를 작신작신 두들기기 시작했다.

투기가 요동치며 내부가 흔들린다.

근육이 찢어지고 내장이 진탕되는 듯한 충격에 레번은 이를 악물었다.

"윽! 크윽! 큭!"

하지만 쓰러지진 않았다.

쓰러지고 싶어도 쓰러질 수가 없었다.

'이거……'

충격이 올 때마다 그 부위의 오러가 활성화된다.

'이런 거였구나……'

자신이 어떻게 움직여야 하는지에 대한 명확한 길이 열린다.

'이렇게 하는 거였어……'

비유하자면, 바로스에게 몸을 빼앗겼을 때 세라티가 느낀 것과 비슷한 상황이었다.

물론 그때만큼 모든 감각을 완벽하게 느낄 수 있는 건 아니다.

그땐 육체와 기력, 모든 것이 새로웠지만 이 경우엔 순수하게 오러의 흐름, 그것도 딱 한발 앞선 경지를 간접 체험하는 것에 그칠 뿐.

하지만 이 정도만으로도 재능이 출중한 이에겐 실로 어마어마한 혜택이라 할 수 있는 것이다.

기회를 놓치지 않기 위해 레번은 더더욱 정신을 집중했다.

"으아아아!"

얼마나 시간이 지났을까?

바로스가 뒤로 물러나며 대련 중지 신호를 보냈다.

"여기까지 하지요."

레번도 검을 멈췄다.

투기를 급격히 낮추며 바로스가 거칠게 숨을 몰아쉬었다.

"하이고, 내내 할 순 없겠네요. 이게 잠깐씩밖에 경지를 올릴 수 없어서."

※

"허억, 허억……."

연무장 바닥에 주저앉아 레번은 땀을 줄줄 흘렸다.

"이거 정말 힘들군요."

나름 수행을 오래 해 온 그였다. 이젠 어지간히 열심히 단련을 해도 살짝 땀이나 나고 마는 수준이었다.

이렇게 땀을 펑펑 흘려 본 건 정말 오랜만이다.

"그러게요. 막상 해 보니 진짜 힘드네, 이거."

바로스도 꽤나 피곤해 보이는 표정이었다.

투기로 투기를 이끄는 델피아드 검투술의 비전에는 앞선 경지와 동문의 검술, 그리고 놀라울 정도로 세련된 오러 운용 말고도 또 하나의 조건이 필요하다.

둘의 경지가 최소 두 단계는 차이가 나야 한다는 것.

현재 레번은 청색급, 바로스는 자색급이다.

조건을 만족하려면 바로스가 은검의 경지는 되어야 하는 것이다.

덕분에 억지로 경지를 끌어올린 그 또한 초췌하긴 마찬가지였다.

바로스는 미리 길어 놓은 물통으로 걸음을 옮겼다. 그리고 국자로 물을 떠 시원하게 한 모금 마신 뒤 투덜거렸다.

"아, 맥주 마시고 싶다. 하지만 참아야겠지?"

"이따 저녁때 내오라고 할까요?"

"맥주를 뭐, 없어서 못 먹습니까? 자제해야 하니까 안 먹는 거지."

땀을 닦으며 바로스와 레번은 잠시 연무장 바닥에 앉아 휴식을 취했다.

문득 바로스가 중얼거렸다.

"생각보다 진도가 느리네요, 이거."

바로스가 은검의 경지에 들어섰을 때만 가르침을 내리는 것이 가능하다 보니, 실제로 하루 동안 진행할 수 있는 수련 시간이 그리 길지 않았다.

"나도 빨리 이 오러 소화시켜야 도련님한테 새 오러 받을 텐데."

"저기, 바로스 경?"

문득 의아해진 레번이 물었다.

"왜 그렇게 안 하시는 겁니까?"

뭔 바보 같은 질문을 하냐는 듯 바로스가 눈을 흘겼다.

"그게 말처럼 쉽습니까? 오랜 고련이 있어야 가능한 일이란 거, 레번 경도 잘 아시면서."

"예, 물론 저도 잘 알죠."

무릇 무의 경지를 높이는 데 지름길은 따로 없으니, 그저 꾸준히 성실하게 하루하루 매진하는 것만이 유일한 길인 법.

"그런데 말입니다."

이해 못 하겠다는 듯 레번이 다시 물었다.

"지금 우리가 하는 짓이 그 없는 지름길, 따로 만들고 있는 것 아니었습니까?"

그리고 바로스가 바로 레번에게 열심히 지름길을 만들어 주고 있다.

"……생각해 보니 그러네요?"

바로스의 표정이 묘하게 바뀌었다.

"와, 나 왜 여태까지 이 생각을 못 했지?"

손안에 보물을 쥐고 있었는데, 심지어 그게 보물인 걸 알면서도 써먹을 생각을 못 한 격이었다.

물론 나름대로 변명거리는 있었다.

이 델피아드 검투술의 비전은 어디까지나 경지에 오른 이가 아직 모자란 타인을 이끌어 주는 방식이다.

본인 스스로 오러를 소화시킬 수 있는 비법은 아닌 것이다.

그러니 바로스도 미처 생각이 미치지 않은 것이고.

하지만 어떻게 해야 하는지에 대한 방법 자체는 이미 제시되어 있다.

재능이 하늘에 닿은 이라면, 이 델피아드 검투술의 비전을 응용해 스스로 오러를 소화시키는 방식도 개발할 수 있지 않을까?

"그렇다면 바로스 경이 새로운 오러 소화법? 그걸 이렇게 불러도 되나? 하여튼 저걸 개발하면 되는 것 아닙니까?"

레번의 호들갑에 바로스가 손사래를 쳤다.

"에이, 전 무리죠."

아까도 말했지만, 이는 재능이 하늘에 닿은 이여야 가능한 방식이다. 그리고 바로스의 재능은 물론 뛰어나지만 그 정도까진 아니다.

하지만 아무 걱정 없다.

문제만 입력하면 답을 척척 내주는 무한한 재능을 가진 소녀가 이들 곁에 있지 않은가?

"라피셀 불러야겠네요."

※

다음 날, 바로스와 레번은 세라티와 함께 라피셀을 비밀 연무장으로 불렀다. 그리고 델피아드 검투술의 비전을 그들 앞에서 시연했다.

"자, 다 보았니?"

시연을 마친 뒤 바로스가 짐짓 태연하게 말을 이었다.

"이걸 너 스스로 하면 된단다, 라피셀. 네게 보여 주려고 레번 경 몸을 통해 펼치긴 했지만."

라피셀은 혼란에 빠진 표정이었다.

"너무 어려운데요?"

"그래?"

레번은 의외라는 얼굴로 잿빛 머리 소녀를 바라보았다.

'하긴, 델피아드 검투술의 비전 중의 비전인데 아무리 라피셀이라도 바로 이해할 리는…….'

알고 보니 그게 아니었다.

"애초에 같은 수법인지도 모르겠어요. 그냥 개념만 같지 전혀 별개의 수법 같은데……."

라피셀이 연신 고개를 갸웃거리며 말을 이었다.

"그냥 바로스 오빠가 스스로 오러 흡수하는 걸 보여 주시는 쪽이 이해가 쉬울 것 같은데요."

그렇다.

그녀는 한 방에 이해 끝내고, 심지어 속내까지 파악해 버렸던 것이다!

보여 달라고? 그걸 어떻게 보여 주겠니?

못 하니까 라피셀을 부른 건데.

[들켰습니다, 바로스 경!]

[쫄지 마쇼, 레번 경.]

레번을 달랜 뒤 바로스가 엄숙한 표정을 지었다.

이래 봬도 평생 사람들을 속여 온 거짓말의 달인을 100년 넘게 옆에서 봐 온 몸이었다.

'이런 상황을 넘기는 것쯤이야 일도 아니지!'

일단 진중한 목소리로 타이르듯 입을 연다.

"쉽게 얻은 것은 쉽게 사라진단다, 라피셀."

라피셀은 납득했다.

저것은 매우 기본이 되는 무언(武言) 중 하나다.

"고뇌해서 얻은 것만이 진정 자신의 것이 되는 법이고."

이 또한 맞는 말이었다.

"알겠어요! 최선을 다할게요!"

검을 쥔 채 라피셀은 고민에 빠졌다.

내심 죄책감이 든 레번이 힘없이 중얼거렸다.

[이래도 되는 겁니까? 정작 우리는 고뇌하지 않고 쉽게 얻는 거잖아요, 이거.]

[에이, 말이 그렇다는 거지, 어디 세상일이 실제로 그렇게 돌아갑니까?]

누구 심복 아니랄까 봐, 바로스는 여전히 당당했다.

[쉽게 얻은 것도 그냥 얻은 거고, 고뇌하지 않고 얻어도 그

냥 내 거죠, 뭘.]

옆에서 지켜보던 세라티가 피식 웃었다.

[두 사람 다 재밌네요. 라피셸이 반드시 방법을 개발할 거란 전제하에 말하고 있잖아요?]

되레 바로스가 반문했다.

[그럼 세라티 경이 보기엔 쟤가 못할 것 같습니까?]

세라티는 어깨를 축 늘어뜨렸다.

라피셸이 못할 것 같냐고?

[하겠죠, 라피셸인데…….]

이변은 없었다.

사흘 뒤, 라피셸은 정말로 정답을 들고 왔다.

"알아냈어요!"

정말인지 아닌지 확인해야 하니 바로스와 세라티, 레번은 곧바로 그녀와 비밀 연무장으로 향했다.

[보나 마나 진짜겠지만 말이죠.]

바로스의 확신에 세라티가 의아해했다.

[라피셸이 실수할 거란 생각은 하지도 않는 건가요?]

[설마요.]

실수를 했기에 카르나크에게 붙잡혔고, 그래서 그런 끔찍한 운명과 마주하게 되었던 것 아닌가?

[하지만 무인으로선 절대적으로 신뢰하고 있습니다. 제가

그녀의 적이었으니 제일 잘 알죠.]

비밀 연무장에 들어선 뒤 라피셀은 호흡을 골랐다.

"하아아……."

모두의 시선 속에서 차분히 오러를 끌어 올린다.

카르나크가 부여해 준 혼돈투기, 그중 아직 온전히 자신의 것으로 만들지 못한 부분이었다.

파아아아앗!

푸른 오러가 불길처럼 치솟아 잿빛 머리 소녀의 전신을 휘감았다.

"여기서 이렇게……."

중얼거리며 라피셀은 검을 가볍게 허공에 휘저었다.

검술이라기보단 마치 주술의 의식에 쓰이는 제례 같은 동작이었다.

휘리릭…….

바람이 휘몰아쳤다. 동시에 그녀의 내부에서 변화가 일었다.

하나가 아니었던 것이 하나가 된다.

자신이 아니었던 것이 자신이 된다.

웅웅웅웅!

그 순간, 세라티와 레번은 경악한 티를 내지 않기 위해 최대한 애써야 했다.

마치 석양이 하늘을 장악하듯, 바다처럼 푸르던 라피셀의 오러가 웅장한 보랏빛으로 물들어 가고 있었다.

[자색급의 경지라니…….]

[세상에…….]

고작해야 15살 소녀의 몸에서, 일국의 운명을 좌지우지할 수 있는 방대한 권능이 솟구치고 있는 것이다.

레번이 혀를 내둘렀다.

[슬슬 라피셀이 무서워지는데요.]

세라티가 피식 웃었다.

[우린 진작부터 무서워했었죠.]

심지어 카르나크조차도, 라피셀과의 첫 만남 때 지평선 끝까지 도주하려 하지 않았던가?

[정말 말도 안 되는 재능이네요. 어떻게 저럴 수 있지?]

[아무리 라피셀이라도 재능만으로 가능한 일은 아니죠.]

바로스가 말을 이었다.

[기억을 잃었을 뿐이지, 그녀는 여전히 시프라스의 무왕이니까요.]

라피셀이 눈을 떴다.

전신을 감싼 보랏빛 투기를 살펴보며 그녀가 조심스레 물었다.

"이거 맞나요, 바로스 오빠? 일단 오러가 변한 걸 보니 맞는 것 같긴 한데."

"그래. 잘했다, 라피셀."

안색이 굳은 두 사람에 비해 노련한 거짓말쟁이, 바로스는 안색 하나 안 바뀐 상태였다.

태연하게 칭찬을 건네는 그를 보며 세라티는 궁금해했다.

자, 이제 해답은 나왔다. 그럼 바로스는 저걸 어떻게 라피셀로부터 배울 생각일까?

대놓고 그 수법 우리한테도 좀 가르쳐 달라고 할 순 없을 것 아냐?

'예전처럼 맞게 익혔는지 확인할 테니 방법을 읊어 보라고 하려나? 하지만 이건 말로 설명할 수 있는 방식이 아닌데.'

그녀의 예상은 틀렸다.

바로스는 라피셀을 바라보며 단도직입적으로 말했다.

"그럼 세라티 경에게 그 수법을 가르쳐 보렴."

"네?"

의아해하는 라피셀을 향해 바로스가 엄격한 표정을 지었다.

"남에게 그 지식을 온전히 전달할 수 있을 때만이, 진정으로 그것을 이해했다고 할 수 있는 법이지."

라피셀은 눈을 깜빡였다.

뭐, 틀린 말은 아니었다.

"라피셀, 널 위해서이기도 하고. 남을 가르치면서 본인도 얻는 것이 많다는 이야기는 들어 본 적이 있지?"

이 역시 틀린 말은 아니다.

"……네."

옆에서 지켜보던 레번과 세라티가 비밀 전언으로 수군거렸다.

[와, 구렁이 담 넘어가듯 잘도 넘어가네요.]

[괜찮을까요? 아무리 라피셀이라도 이쯤 되면 뭔가 이상하다고 여길 것 같은데요.]

실제로 그녀도 살짝 어색하다는 생각은 하고 있었다.

'바로스 오빠 말이 분명 틀린 건 아닌데, 굳이 이럴 필요까지 있나 싶기도 하고?'

하지만 그럼에도 바로스를 의심하진 않는다.

그럴 이유가 없는 탓이었다.

그가 입만 잘 놀리는 사기꾼이었다면 당연히 의심을 했겠지.

하지만 바로스는 입뿐만이 아니라 칼도 잘 놀리는 작자였다.

저 젊은 나이에 벌써 자색급의 오러 유저이며, 라피셀 자신보다 강한 것이 확실하고, 지닌 무술의 지식과 지혜는 실로 방대하며, 그 깊이 또한 헤아릴 수 없을 정도.

실제로 라피셀이 뭔가 의문을 떠올릴 때마다 척척 대답해 주지 않았던가?

그런 엄청난 실력자가 설마 이런 걸 몰라서 아직 어린 소녀에게 사기를 치겠어?

순순히 납득하며 세라티에게로 걸어간다.

"제가 제대로 터득했는지 확인해 주세요, 언니."

"어, 응, 그래."

다가오는 라피셀을 보며 세라티는 자기도 모르게 침을 꿀꺽 삼켰다.

언제 봐도 귀여운 아이이긴 한데, 그 아이의 전신에 자색의 투기가 넘실대고 있으니 그야말로 호랑이 앞에 서 있는 느낌이었다.

사실 호랑이도 애교 부리면서 다가오면 귀엽긴 하거든?

하지만 그 귀여운 호랑이의 앞발이나 송곳니 사이즈 보면 지릴 만큼 무서운 것도 사실이다.

'아으, 최대한 태연하게 서 있어야 하는데.'

라피셀이 세라티와 검을 맞댔다.

"펼칠게요!"

아까도 말했듯, 이 수법은 언어로 형용할 수 있는 것이 아니다.

그러니 오러를 서로 공명시켜 직접적으로 보여 주어야 한다.

웅웅웅웅!

우아한 투기의 흐름이 비밀 연무장을 가득 메우기 시작했다.

그렇게 착한 어린이, 라피셀 양은 착실하게 자신이 깨달은 바를 세라티에게 펼쳐 주었다.

바로스와 레번은 뭐 하고 있었냐고?

[자, 우리도 옆에서 열심히 훔쳐 배웁시다!]

[그럽시다!]

참으로 못된 어른들이었다.

❈

열흘 뒤, 스트라우스 저택의 비밀 연무장.

"으하하하하!"

레번은 통쾌하게 웃었다.

평생 이토록 기뻤던 적은 없었던 것 같은 기분이었다.

지금 그의 전신에 찬란한 보랏빛 오러가 넘실대고 있었으니까.

"됐다! 성공했어! 드디어 벽을 넘었다!"

단순히 경지가 또 올라서 기쁜 것만은 아니다.

레번은 이제 그의 형, 에밀보다도 어린 나이에 자색급의 경지에 도달한 것이다. 평생 비교 대상이었던 형보다 앞섰다는 명백한 증거였다.

'물론 내 힘만으로 이룬 것은 아니고 카르나크 님과 바로스 경의 도움을 받기는 했지만······.'

그렇다 해도 딱히 꿀릴 것은 없다.

알고 보면 에밀도 갤러드의 전폭적인 지원을 받아 가며 그 경지에 올랐었던 것 아닌가?

'어차피 형님도 똑같은 놈이었는데, 뭘!'

먼저 벽을 허문 라피셀이 진심으로 축하해 주었다.

"축하드려요, 레번 오빠!"

"고맙다, 라피셀."

세라티는 부드러운 시선으로 그 둘을 바라보고 있었다.

이제 두 사람 모두 자색급의 경지, 킹스 오더 단정인 에란텔과 동급이 되었다. 7왕국 연합을 통틀어도 몇 없는 강자의 반열에 오른 것이다.

"이제 둘 다 저보다 앞서게 되었네요."

레번이 그녀의 눈치를 보았다.

"아, 세라티 경⋯⋯."

결국 세라티는 벽을 허물지 못했다.

최대한 노력하고 또 했지만 여전히 청색급에 머무르고 있었다.

딱히 그녀가 둔한 건 아니다.

그냥 이쪽이 정상이고 저 두 사람이 괴물일 뿐.

그래도 자신보다 아래였던 이들이 쑥쑥 앞지르는 걸 보면 마음이 편할 리 없겠지만⋯⋯.

"먼저 가세요. 저도 열심히 뒤따라갈 테니까요."

그녀는 진심으로 신경 쓰지 않는 것 같았다.

표정이 허허롭고 음성은 평탄해 마치 득도한 고승을 보는 것 같달까?

정말로 욕망을 극복하고 진리를 깨달은 듯한 얼굴이었다.

'내가 생각해도 좀 신기하네. 왜 이렇게 아무 기분이 안 들지?'

역시 비교 대상이 지나치게 잘나다 보면 오히려 시기나 질투도 안 느껴지는 모양이다.

그 모습에 라피셀은 새삼 감탄하고 있었다.

'역시 언니는 대단해. 저렇게 물처럼 맑은 마음을 유지할 수 있다니!'

검을 다루는 데 있어 마음가짐보다 중요한 것이 또 어디 있을까?

비록 지금은 자신이 한발 앞섰지만, 기나긴 무(武)의 여정 속에 한 발자국 앞서고 뒤처지는 것은 아무 의미가 없다.

중요한 것은 쉴 새 없이 정진하는 것뿐!

"저도 더욱 노력할게요, 언니!"

'……여기서 뭘 더 노력한다는 거야?'

살짝 의아했지만 세라티는 굳이 지적하지 않았다.

'라피셀이 뜬금없는 소리 하는 게 하루 이틀 일도 아니고.'

그녀가 화제를 바꿨다.

"그나저나 바로스 경은 아직인가요?"

자색급이었던 그가 다시 한번 벽을 허물었냐는 질문이었

다.

레번이 고개를 저었다.

"그는 우리보다 경지가 높지 않습니까? 그만큼 벽을 허무는 것도 어렵지 않을까요?"

어렵지 않았다.

"넵, 은검기 달성."

스트라우스 저택 외곽의 깊은 숲속.

바로스는 태연한 얼굴로 전신에 찬란한 은빛 오러를 흘리고 있었다.

그 모습을 지켜보던 카르나크가 기뻐하며 물었다.

"좋아, 그럼 잠깐 동안은 왕년의 경지도 구사할 수 있단 소리지?"

이제 두려울 것은 없다.

무적의 데스 나이트 로드가 부활했다!

"아니, 무적이라고 하기엔 밀리는 상대가 좀 많긴 했나?"

그러니 표현을 살짝 바꾼다.

4대 무왕과 3인의 대마법사 빼곤 무적이었던 데스 나이트 로드가 부활했다!

"그쯤 되면 무적도 뭣도 아닌 거 아닙니까? 등수 너무 내려가는데."

피식거리며 바로스는 은빛 오러를 양손으로 끌어 올렸다. 그리고 인상을 썼다.

"그런데 문제가 생겼습니다, 도련님."

"응? 뭔데?"

바로스가 양손의 오러를 운용하기 시작했다.

은빛 투기가 온갖 형상을 이루며 자유롭게 움직인다. 퍼지고, 좁혀지고, 뭉치고, 형태를 바꾼다.

자신의 팔다리라도 저렇게까지 자유롭게 다룰 순 없을 터.

각성과 동시에 극한의 숙련도를 보이고 있는 것이다.

이제 갓 터득했는데 수십 년을 써 온 것처럼 노련하게 다룰 수 있다니, 바로스 같은 특이한 경우이니 가능한 일이리라.

"잘만 쓰고 있잖아, 오러. 뭐가 문제인데?"

바로스가 인상을 쓰며 은빛 투기를 양손에 뭉치기 시작했다.

잠시 오러가 요동치며 빛을 발했다. 하지만 이내 원래의 모습으로 돌아왔다.

"아, 역시 안 되네."

난처한 듯 바로스가 아랫입술을 핥았다.

"금검기를 어떻게 써야 하는 건지를 모르겠어요."

카르나크가 멍한 표정을 지었다.

"그걸 왜 몰라?"

여태까진 잘만 하지 않았던가, 경지 올리기.

그런데 막상 이제 와서 못하겠다고?

"생각해 보니까 저, 정작 금검의 경지에는 오른 적이 없었더라고요."

"어? 그러네, 진짜?"

바로스는 데스 나이트였다.

어디까지나 암흑투기로 경지에 올라 무왕에 필적하는 강함을 얻었다.

정작 남들처럼 정식으로 오러의 단계를 밟은 적은 없다.

당장 오러 자체도 스스로 터득한 적은 없어 회귀 후 한참 고생을 하지 않았던가?

그래도 데스 나이트로서 무왕에 필적하는 경지에 오른 덕에, 일단 오러를 터득한 뒤론 앞선 경지를 끌어오는 것이 가능했다.

비록 길이 다르다 해도 자신이 쌓아 온 것보다는 낮은 수준이었다. 그렇기에 높은 곳에서 내려다보며 어렵지 않게 그 경지를 재현할 수 있었다.

하지만 금검의 경지는 바로스 자신이 쌓아 온 것과 동등한 위치다. 그저 서로 도달점이 다를 뿐.

내려다볼 수 없으니 똑바로 바라보아야 하는데, 이는 같은 높이의 산봉우리에서 건너편 산봉우리를 바라보는 격이다.

참고는 할 수 있으되, 샅샅이 파악할 순 없다는 의미였다.

"여기서부터는 가 본 적 없는 길이라서 진짜 제힘으로만 극복해야 할 문제인 것 같은데요."

"할 수 있겠냐?"

카르나크의 질문에 바로스는 어색한 듯 뒷머리를 긁었다.

"글쎄요."

평생 편법과 사도에만 의존해 온 놈이 처음으로 정도를 걷게 생겼다.

"이거 되려나, 진짜?"

비록 완전히 예전의 경지까지 되찾는 것은 무리였지만, 그렇다 해도 성과는 컸다.

어쨌거나 실버 나이트의 경지까진 안정적으로 오른 것이다.

이제 바로스도 미래 레번과 전투를 벌일 때처럼 은빛 오러 몇 번 발하고 숨 할딱할딱할 필요까지는 없다.

"이 정도면 기력 달려서 못 쓰던 기술들도 슬슬 써먹을 수 있겠네요."

투기검을 몇 번 더 운용해 본 뒤 바로스가 카르나크를 돌아보며 물었다.

"그런데 도련님은 진전 없어요? 슬슬 9서클 되실 때 안 됐나?"

카르나크가 눈을 흘겼다.

"야, 나 8서클 뚫은 지도 얼마 안 되었거든?"

그가 8서클에 들어선 것은 스트라우스 토벌군을 이끌기 전, 제스트라드 영지에 머무를 때였다.

날짜로 치면 고작해야 몇 달 수준, 이 짧은 시간에 8서클 다 떼고 9서클에 진입한다는 건 상식적으로 불가능한 것이다.

바로스며 다른 일행의 성장이 워낙 비상식적인 것뿐이지.

"이것들이 거저먹으니까 세상이 만만한 줄 아네."

하지만 바로스도 나름 근거가 있어 던진 질문이었다.

"그러니까, 도련님도 거저먹을 수 있지 않냐 이 말이죠, 뭐."

델피아드 검투술이라는 보물을 손안에 쥐고 있으면서도 미처 몰랐다며 바로스가 혀를 찼었는데, 사실 진짜 손안의 보물은 따로 있지 않은가?

카르나크에게 방대한 혼돈마력과 사령력을 안겨 준 3개의 역시공 초월체.

이 엄청난 보물의 힘이 아니었다면 바로스나 다른 일행도 이 짧은 기간에 이런 경지에까지 오르진 못했으리라.

"보물이라기엔 출처가 너무 사악하지만 말이지."

"그거 출처, 엄밀히 말하면 도련님 아니에요?"

테스라낙이 다른 세상의 카르나크라 치면 바로스 말이 맞다.

카르나크가 히죽 웃었다.

"그러니까 사악한 것 맞잖아?"

"······이젠 주제 파악을 꽤나 하시게 된 것 같구만요."

바로스는 내심 감탄했다.

'이럴 수가, 도련님이 진짜로 사람 되어 가는 것 같잖아?'

뭐, 어찌 되었건 좋은 일이다.

'도련님이 사람이 되어도 좋고, 안되어도 좋고.'

어차피 바로스가 원하는 건 카르나크가 사람이 되는 게 아니다.

그저, 원하는 대로 변해 간다면 그것으로 족할 뿐.

목걸이로 만든 역시공 초월체를 매만지며 카르나크가 말을 이었다.

"하여튼 이걸 이용한다 해도 9서클을 뚫으려면 시간은 좀 더 필요해."

그러니 바로스와 다른 일행이 강해진 건 꽤나 잘된 일이었다.

"이제 엘레자르나 드렐타인이 와도 어느 정도 승산이 생겼어."

"우리가 이길 수 있을까요?"

"어느 정도 운이 따라 준다면."

적어도 무사히 도망칠 가능성은 크게 늘었다.

예전에는 저 둘 상대론 도주할 여력도 거의 없었으니까.

"적어도 언제 걔들이 찾아올지 몰라 전전긍긍하진 않아도 되지."

"그게 전전긍긍하신 거였습니까? 엄청 느긋해 보였는데요."

"일부러 태연하게 굴었지. 사람들 앞에서 약한 모습 보일 순 없으니까."

문득 카르나크의 표정이 굳었다.

"뭐, 걔들이 진짜로 날 찾아올 경우의 이야기이긴 하지만 말이지."

여전히 엘레자르와 드렐타인은 제국에서 꼼짝도 하지 않고 있었다.

물론 겉으로만 제국에 머무르는 척하고 몰래 7왕국 연합으로 향할 가능성도 없지는 않다.

"하지만 그런 것치곤 제국 내에서 자연스럽게 계속 얼굴을 드러낸단 말이지……."

"혹시 가짜일 가능성은요?"

바로스의 지적에 카르나크가 코웃음을 쳤다.

"대체 왜 제국 최강의 무인과 마법사가 가짜씩이나 만들면서 우릴 잡으러 와야 하는데?"

가짜를 만든다는 가정 자체가 저들이 카르나크의 눈치를 보고 있다는 전제하에서나 나올 수 있는 이야기다.

"그, 그건 그러네요."

엘레자르나 드렐타인이 카르나크를 처리하고 싶다면 그냥 일정 좀 비우고 왕국 연합으로 건너오면 된다.

굳이 자신들의 행보를 숨기기 위해 가짜를 내세울 필요까진 없다.

"역시 뭔가 이유가 있는 걸까요?"

미래의 교황 제덱스에 이어 미래의 무왕 레번 스트라우스까지 카르나크 일행에게 패했다.

저들이 카르나크의 존재를 무시할 단계는 진작 지났다는 이야기다.

여기까지 와서도 움직이지 않는다면, 그건 그럴 만한 심각한 이유가 있다는 뜻.

"두고 보면 알겠지."

카르나크는 어깨를 으쓱였다.

"이유가 없다면 반드시 움직일 것이고, 이유가 있다 해도 날 그냥 내버려 두진 않겠지."

바로스가 인상을 썼다.

"설마 암살자를 보낸다든가?"

"그게 정석이긴 한데……."

카르나크가 미심쩍다는 듯 대꾸했다.

"저쪽도 수하들은 이미 충분히 보내 봤고, 내내 별 재미를 못 봤잖아? 슬슬 다른 방법을 시도하지 않을까 싶은데."

✳

대륙의 절반을 차지하는 초제국 라케아니아.

이 거대한 영토를 지배하는 것은 물론 당대의 황제, 고트프리드 2세다.

하지만 아무리 황제라도 이 거대한 제국을 완전히 자신의 손아귀에 넣고 휘두를 순 없다.

실제로 제국을 관리하는 이들은 황제 휘하의 많은 봉신들.

그들은 현재 크게 두 세력으로 양분된 상태였다.

오랜 세월 황실과 관계를 맺어 오며 많은 전통 귀족들을 포섭한 황제의 외척, 렐프란츠 공작가.

재상을 비롯해 여러 고위 관료들을 배출해 제국의 실권을 장악한 카제밀 후작가가 그들이었다.

얼핏 보기엔 렐프란츠 공작과 카제밀 후작이 저 세력의 수장처럼 보이리라. 세상에도 그렇게 알려져 있고.

하지만 그들은 어디까지나 대외적으로 내세운 이들일 뿐이었다.

실제로 양 세력을 휘어잡고 다스리는 이들은 따로 있었다.

렐프란츠 공작가가 지닌 최강의 무력인 제국의 마탑.

카제밀 후작가 최후의 보루인 크레타스 기사단.

이 두 곳의 수장들이 실질적으로 각 세력을 지배하고 있는 것이다.

이 세력 싸움은 한동안 렐프란츠 공작가, 정확히는 제국 마탑 측이 유리한 방향으로 흘러가고 있었다.

제국 마탑주, 엘레자르 데 리플라시온은 무려 대마법사의 경지에 오른 자였다. 크레타스 기사단의 주인인 실버 나이트 팔토스보다 윗줄의 강자이다 보니 그것이 세력 싸움에도 영향을 미친 것이다.

이 기울어진 천칭이 균형을 맞추기 시작한 것은 6년여 전, 팔토스의 제자인 실버 나이트 드렐타인 텔릭스가 기사단을 장악한 후부터였다.

팔토스의 자리를 계승한 드렐타인은 이내 금검의 경지에 올라 스승조차 초월해 버렸다. 그리고 바탈록, 벨티아, 갤러드에 이어 네 번째 무왕으로 온 대륙에 명성을 떨쳤다.

렐프란츠 공작가는 긴장했다.

카제밀 후작가에서 대마법사에 필적하는 무왕이 탄생했으니 더 이상 세력전의 우세를 장담할 수 없게 된 것이다.

하지만 그 이후, 걸핏하면 칼부림이 나던 두 세력 간의 싸움은 오히려 소강상태로 접어들었다.

종말의 시대가 닥친 탓이었다.

어둠이 온 세상을 침탈하기 시작하였으니 도저히 사람들끼리 서로 싸울 상황이 아니었다.

렐프란츠 공작가와 카제밀 후작가는 암묵적으로 휴전에 들어갔다.

덕분에 앙숙이었던 두 세력도 예전에 비해 꽤나 가까워졌다.

얼마나 가까워졌냐면, 무려 카제밀 후작파의 수장인 드렐타인 텔릭스가 렐프란츠 공작가의 수장인 엘레자르의 초대를 받아 몸소 제국의 마탑을 찾을 정도였다.

지상 최대의 도시, 라케아니아 제국 황도 테아 크라한.

그 제도 동쪽에 위치한 소박한 흰색 마탑에 한 무리의 기사들이 모여 있었다.

크레타스의 무왕 드렐타인과 그를 호위하기 위한 기사들이었다.

그들이 마탑 입구에 도달하자 2명의 남녀 마법사가 공손히 맞이했다.

"기다리고 있었습니다, 크레타스의 무왕이시여."

"엘레자르 님께선 안에 계십니다."

선두에 선 짙은 흑발에 강인한 인상을 지닌 30대 사내가 거리낌 없이 걸음을 옮겼다.

"알겠다. 들어가지."

다른 기사들도 긴장하며 뒤를 따르려 했다.

그러자 마법사들이 기사들을 만류했다.

"다른 분들은 여기서 기다려 주시지요."

딱히 예의에 어긋나는 태도라 할 순 없었다.

엘레자르나 드렐타인 정도의 고위급이 만남을 가진다면

아랫것들은 밖에서 얌전히 기다리는 것이 상식이다.

문제는 이곳이 십수년째 암중으로 다투던 적 세력의 중심지란 점이지.

"곤란합니다, 드렐타인 경. 홀로 적진에 들어가시는 건……."

"어째서 엘레자르가 직접 나오지 않은 거요?"

"혹시 함정인가?"

기사들은 쉽게 물러서지 않았다. 다들 경계심이 가득한 표정이었다.

마법사들의 표정 역시 서서히 굳어 갔다.

마나와 오러, 보이지 않는 기운이 양측에서 흘러나온다.

당장이라도 터질 듯 팽팽한 분위기가 마탑을 중심으로 맴돌기 시작했다.

분위기를 쇄신시킨 것은 한 여인의 부드러운 목소리였다.

"다들 쓸데없는 짓 말거라."

이내 드렐타인 또래로 보이는 우아한 미녀가 모습을 드러냈다.

마탑의 주인, 제국 황실 마법사 엘레자르였다.

"오늘 우리는 호의로써 서로를 대할 것이다."

그녀의 등장에 기사들의 안색이 굳었다.

'대, 대마법사…….'

비록 그 어떤 위세도 떨치지 않고 있으나 그저 존재만으로도 오러가 위축된다.

눈앞의 저 아름다운 여인은 사실 여기 있는 기사들이 검을 익히기도 전의 어린 시절부터 명성을 떨친 존재인 것이다.

엘레자르가 제국의 예법을 보이며 드렐타인에게 고개를 숙였다.

"들어가시죠, 제국 최강의 검이여."

드렐타인 역시 제국의 예법으로 화답했다.

"초대에 감사하는 바요, 제국을 지키는 지혜의 탑이여."

양측 모두 살짝 안심했다.

비록 정적이긴 해도, 저들은 서로를 인정하고 있었다. 그렇다면 설마 이런 노골적인 자리를 만들어 놓고 뒤통수를 치지는 않을 것이다.

그렇다 해도 역시 긴장이 되지 않을 순 없겠지만.

모두가 긴장하는 가운데, 제국의 두 절대자는 마탑 안으로 천천히 모습을 감췄다.

꽃

두 절대자는 우아하고 당당한 걸음으로 미리 마련된 회견장까지 걸음을 옮겼다. 그리고 보는 눈이 없어지자 바로 풀어져 버렸다.

"와, 진짜 이게 무슨 촌극이지?"

투구를 대충 벗어 던지며 드렐타인이 혀를 찼다.

대충 의자에 걸터앉아 엘레자르가 쓴웃음을 지었다.

"어쩔 수 없죠. 실제로 이 시절의 우리가 사이가 나빴던 것은 사실이니."

"하긴, 몇 년 전까지만 해도 당신이 나 죽이려고 했었지."

누구보다도 친해 보이는 이 둘이지만, 사실 이들은 오랜 적수였다.

실제로 5년 전까지는 드렐타인 역시 엘레자르의 견제를 피해 종종 몸을 숨긴 적도 있었다.

10여 년 전에 이미 회귀한 드렐타인과 달리 당시엔 아직 현세의 엘레자르였으니까.

미래의 엘레자르가 회귀한 후에야 겨우 손을 잡을 수 있었던 것이다.

그동안 이들이 내내 바빴던 이유도 이것이었다.

검은 신의 교단을 키우는 것도 바쁜데, 거기에 서로가 지닌 대외적인 세력도 너무 사이가 나쁘다.

그렇다고 곧바로 싸움을 멈추고 세력을 합칠 수도 없었다.

어제까지 서로를 향해 이를 득득 갈았는데 오늘 갑자기 '우리는 친구, 친구.' 이럴 수는 없잖아? 밑에 딸린 세력의 규모가 얼만데.

그래서 지금도 서로 간의 화합을 유도하기 위해 물밑 작업에 한창이었다.

드렐타인이 턱을 괸 채 투덜거렸다.

"거참, 뭐 얻어먹을 게 있다고 이 시절의 우리는 그토록 다퉜을까?"

엘레자르도 비슷한 표정을 지었다.

"그러게 말이에요. 어차피 그분이 오시면 다 허무해질 뿐인 것을."

이 오랜 정쟁이 끝난 이유는 간단하다.

사령왕이라는 절대 악이 나타나 이들을 하나로 뭉치게 만들었으니까.

물론 그 사령왕 덕분에 '다른 의미로' 이들이 뭉치게 되기도 했지만.

하여튼 이런 이유로 드렐타인과 엘레자르는 여전히 대외적으로 '적'이었다.

그래서 평소엔 현실에서 만나지 않고 테스라낙의 권능을 쓰곤 했는데⋯⋯.

"오늘은 왜 굳이 이런 자리를 마련했소? 그냥 어둠의 회당을 쓰지 않고."

의외로 꽤나 현실적인 이유였다.

"회당을 열 사령력이 부족해서요."

"엥? 비축된 사령력이 그렇게나 부족하오?"

"갤러드를 데스 나이트로 만들기 위해 소모를 많이 했으니까요. 물론 회당을 열지도 못할 정도로 거덜 난 건 아니지만,

그래도 당분간 아낄 수 있는 건 아끼려 해요. 어차피 우리도 슬슬 친해지는 모습을 보여 줄 시기이거든요?"

"아, 그렇구려."

엘레자르의 설명에 고개를 끄덕이던 드렐타인이 다시 물었다.

"그런데 정말, 레번 경의 패배가 테스라낙 님의 뜻이 맞소?"

레번 스트라우스의 패배는 도저히 믿기지 않는 것이었다.

무왕 갤러드의 육신을 레번 스트라우스가 조종한다면 드렐타인 본인도 승부를 장담할 수 없다. 그런 그가 패했다고?

엘레자르가 입을 열었다.

"그분께서 말씀하시길, 만사가 형통하다 하셨으니……."

"아니, 그러니까 정말 그분께서 말씀하신 게 맞냐는 거지."

혹시 테스라낙의 뜻을 잘못 파악한 게 아니냐는 질문이었다.

엘레자르가 고개를 저었다.

"그렇진 않을 겁니다. 테스라낙 님의 말씀을 직접 듣고 온 이의 말이니까요."

그리고 문득 문밖을 돌아보았다.

"준비 중이었으니 슬슬 올 때가 됐는데?"

안 그래도 드렐타인은 이미 인기척을 느끼고 있었다.

반경 수십 미터 이내의 인기척을 감지하는 것쯤은 무왕에 겐 식은 죽 먹기다.

"왔군. 밖에서 기척이 느껴져."

잠시 후 귀여운 목소리가 들렸다.

"들어갑니다아~."

그리고 웬 소녀가 모습을 드러냈다.

나이는 대략 18살 정도? 주근깨투성이 얼굴에 푸석한 갈색 머리칼을 지닌 평범한 인상이었다.

소녀가 드렐타인을 위아래로 훑더니 눈을 동그랗게 떴다.

"어머, 드렐타인 경? 이때는 꽤 젊네요!"

그녀를 보며 드렐타인이 알은척을 했다.

"오랜만이구려, 발레리아."

바다의 여신 아티마의 타락한 교황, 발레리아 베릴리였다.

다음 권으로 이어집니다